悪役令嬢の姉ですが
モブでいいので死にたくない

海倉のく

B's-LOG BUNKO
ビーズログ文庫

Contents

ジゼル＝ダルマス
ダルマス伯爵家の長女。
病弱のため、
部屋に引きこもって生きてきた。
強力な水の魔力を有すが、
体がもたない。
悪役令嬢の姉ですが
モブでいいので死にたくない
登場人物紹介
オディール＝ダルマス
ダルマス伯爵家の次女で
未来の悪役令嬢。
叔父に可愛がられ、ワガママ放題に育つ。
木の魔力を有す。

ユーグ＝クタール

クタール侯爵家の長男。
優秀な魔力持ちの家に生まれた
《魔力なし》で、鬱屈した思いを抱えている。

リュファス＝クタール

二年前に侯爵家に引き取られた
ユーグの異母兄弟。
非常に強い土の魔力を有すも、
ユーグの母により
軟禁生活を送っている。

フェデリーカ＝クタール

クタール侯爵の正妻で、
ユーグの母親。ジゼルの母親、
イリスとは親友だったというが？

ロベール＝パージュ

子爵位を持つ、ダルマス姉妹の
後見人である叔父。一角商会の
商会長としての顔も持つ。

アン

ジゼル付きのメイド。冷静沈着。

秘密の温室の住人達

様々な動物に姿を変え
リュファスを囲う傍系の魔術師達。

メアリ

オディール付きのメイド。
おっちょこちょい。

イラスト／RAHWIA

ダルマスの薔薇

目が覚めると、ベッドの天蓋《てんがい》が見えた。

眠《ねむ》っていたのか、体を動かすと汗《あせ》を吸った寝間着《ねまき》が重い。

メイドを呼ぼうとして、声が出ないことに気がつく。体中が鈍《にぶ》く痛み、頭が重い。

窓の外はほんのりと青白く、それが降り積もる雪のためだと気がついた。

季節外れの雪に、庭の薔薇《ばら》が埋《う》もれてしおれている。

暖炉《だんろ》の火はもう小さく、吐《は》き出《だ》した息が白いのは気温のせいなのか、まだ熱が引かないせいなのか判断できない。

ちょうどこんな雪の日だった。

私が死んだのは。

凍《こお》った路面に雪が積もっていて、あえなく転倒《てんとう》した私は、ブレーキが間に合わなかった車に轢《ひ》かれて死んだ。

平々凡々《へいへいぼんぼん》な平たい顔族のオタクの最期《さいご》だった。享年《きょうねん》十九歳。何者にもなれず、あっけなく幕を閉じた、遠く知らない場所の物語。

私がどんな顔をしていたのか、何度頭の中の本をめくっても思い出せない。

死の直前の記憶《きおく》をたどれば、大学デビューを目指して柄《がら》にもなく陽キャを演じて派手に空回り、それとなく遠巻きにされた結果、空気のような存在になっていた。

脳内のページをめくる私自身がつらくなってしまう、胃に差し込むような黒歴史。

当然のことながら、空気が一人分いなくなっても、きっと世界は何も変わらない。

特別な何かになりたいと漠然《ばくぜん》と思って、何になりたいかもわからないので何を頑張《がんば》れば良いのかわからなかった。いつか、どこかで、何かをできるような気がしていた。

結局私は何者にもなれなかった。

私が熱のせいでおかしな夢を見たのでなければ、それが私の『前世』だ。

二つの人生を一つの本棚《ほんだな》に収めるような作業。全部飲み込むまで三日かかった。

あっけなく交通事故で終わってしまった人生を閉じて、私は二冊目の人生、今現在の人生を開く。今日までの十四年間を共にした名前を、ため息と一緒《いっしょ》に吐き出した。

「ダルマス伯爵令嬢《はくしゃくれいじょう》ジゼル」

枕《まくら》から体を起こし、部屋に飾《かざ》られた肖像画《しょうぞうが》に視線を移す。

中央右寄りに立つ少女は、窓に映る自分自身よりいささか幼い。

雪に劣《おと》らぬ白磁の肌《はだ》に、銀の髪《かみ》、アメジストの瞳《ひとみ》。眉《まゆ》のアーチは優《やさ》しげに弧《こ》を描《えが》き、けぶるような睫《まつ》毛《げ》は少し目を伏《ふ》せるだけで憂《うれ》いの表情を作り出す。

私はこの人形のように美しい少女を知っている。というより、その隣《となり》に立つ少女の方をより知っている。

肖像画の中央に描かれた燃えるような赤毛の少女。

気の強そうな表情に拍車《はくしゃ》をかけるのは、きりりとつり上がった目だ。

だが、それは彼女の華《はな》やかな顔立ちを引き立てる。

伯爵令嬢オディール――前世の記憶に同じ名前の少女がいる。

乙女《おとめ》ゲームの『楽園の乙女』に登場する悪役令嬢《あくやくれいじょう》である。

舞台《ぶたい》は剣《けん》と魔術《まじゅつ》の中世ファンタジー。商家の子として育っていたヒロイン＝ソフィアは、十五歳の誕生日に伯爵家の庶子《しょし》であることが発覚し、努力して社交界デビューを果たす。その過程で攻略《こうりゃく》対象のトラウマをカウンセリングして恋《こい》に落ちるというものだ。

そしてそのライバルキャラクター、オディールは悪役よろしくソフィアの恋路《こいじ》の邪魔《じゃま》をしまくり、時にいびり、時に脅迫し、最終的にソフィアを殺そうとする。

もちろんそんな犯罪行為《こうい》がうまくいくはずもなく、最後には攻略対象者達に悪行を暴かれ、ついでに実家は没落《ぼつらく》する、というお決まりのルートを歩む。

今生における、私の妹である。

悪役令嬢オディールの体の弱い姉、それがジゼルだ。

攻略対象の一人、リュファス＝クタール侯爵《こうしゃく》令息のルートに一応ライバルキャラクターとして登場する。リュファスの婚約者《こんやくしゃ》なのだが、政略結婚《けっこん》で愛情はない。

そのため、ジゼルがヒロインを害することはないのだ。

主にソフィアいじめにいそしむのはオディールである。オディールが断罪されれば同じ伯爵家なので没落も道連れなのだが、それ以上に困ったことがある。

ジゼルはとにかくよく死ぬのだ。

例えば、ジゼル的にはメインルートともいえる侯爵令息リュファスのルート。

ハッピーエンドではなんとストーリーの途中《とちゅう》、病気で死ぬ。

愛はなかったがそれでもジゼルに何もしてやれなかったと落ち込むリュファスをソフィアは慰《なぐさ》め、エンディングの一枚絵では二人がジゼルの墓に祈《いの》りを捧《ささ》げていた。

そしてバッドエンドでも死ぬ。ソフィアと結ばれなかったリュファスは心を病《や》み、魔《ま》力《りょく》を暴走させてしまう。ソフィアもオディールもジゼルもそれに巻き込まれて死ぬ。

また、他のルートでもモブとして登場するが、ほぼ死ぬ。

危険なことが起こった時、誰かの魔術が暴走した時、暴動が起きた時、毒が盛られた時、なんやかんやと死ぬ。これから起こることやばいよ！　ピンチだよ！　といったイベントを煽《あお》るための舞台装置として、大体シナリオ終盤《しゅうばん》で真っ先に死ぬ。

周回するごとに「え、また死ぬの？」などとうっかり声に出てしまったくらい死ぬ。

炭鉱でガスが出ていないか試験するためのカナリアみたいな扱《あつか》いだ。

「死にたくないなぁ」

　ぽつり、つぶやいた。

　死にたくない。刃物《はもの》で刺《さ》されるのも嫌《いや》だし、魔術でミンチも嫌だし、スチルがないルートでもきっとえげつない死に方をしているんだろうと余裕《よゆう》で想像できる。

　ほぼジゼルが登場しないルートでも、結局はオディールがやらかすので実家の没落は避《さ》けられない。

　頭が痛い。熱のせいだろうか。ベッドにもう一度横になった。

　どうしたらいいのか。

　思い出した限りのルートでだいたいジゼルは死んでいる。思い出せないだけで『そこに人々が倒《たお》れていた』みたいな一文に含《ふく》まれて死んでいる可能性もある。

　だがどのルートでも。死因も没落の原因も、私の妹オディールにある。

　ならば、妹が悪役令嬢にならないよう今日から調教、もとい教育していけば良いのでは。

　しんしんと雪が積もっていく。

　雪明かりの窓から目を背《そむ》けるようにして、私はもう一度眠りに落ちた。

数日後、枕元で医者が回復を告げると、控《ひか》えていたメイド達が一様にほっとした表情を見せた。この病弱な体はいともたやすく楽園の門をくぐろうとする。

まずは健康にならなくては。折れてしまいそうな手首に触《ふ》れて気合いを入れる。

「叔父様《おじさま》にご挨拶《あいさつ》に行きたいの」

そう告げると、医者が頷《うなず》くのを待って、メイド達が支度《したく》を手伝ってくれる。

瞳の色に合わせた菫色《すみれいろ》のドレス。鏡の中の令嬢は、それは楚々《そそ》として愛らしい。

地顔がはんなりとした微笑《ほほえ》み顔というのか、柔《やわ》らかく下がった目尻《めじり》と少し困ったような眉の形がそうさせるのか、とにかく優しげな面差《おもざ》しだ。色の薄《うす》さと相まって儚く見える。

妹とは似ても似つかない。

屋敷《やしき》の中を歩きながら、壁《かべ》に掛《か》けられた厳《いか》めしい肖像画を眺《なが》めつつ、この家の歴史を思い出していく。これまでの令嬢教育の知識と、前世の知識を組み合わせ、すり合わせる。

ダルマス伯爵家の歴史は古く、この国の歴史の中ではかなり初期にその名前が挙げられる。遡《さかのぼ》ればその祖は興国の王に仕える魔術師《まじゅつし》で、その力で異教徒との戦いにおいて功績を挙げ、勝ち取った領土の一部を与《あた》えられた。

古き信仰《しんこう》を持つ民《たみ》がこの国の近隣《きんりん》にいたのはお伽噺《とぎばなし》のような昔の話。かつての王国は分断され、今では三つの国になっている。

そんな時代の変遷《へんせん》の中で、ダルマス伯爵家はわかりやすく没落していた。

歴史ばかりが重く、時代の変化に対応できなかったこの伯爵家は、じわじわとその資産を減らしていき、三度重なった天災による税収減で、完全に再起不能に陥《おちい》った。

古めかしい肖像画の横に、比較的《ひかくてき》新しい肖像画が現れる。

銀の髪、菫色の瞳、そして菫色のドレスを纏《まと》った儚げな女性。今にも消えてしまいそうな微笑みを浮《う》かべる女性は、先ほどまで鏡の中にいた少女と瓜二《うりふた》つだ。

没落のどん底時代に、私の母となるダルマス伯爵令嬢イリスは生まれる。

この美貌《びぼう》と魔力に恵《めぐ》まれた伯爵家の一人娘《ひとりむすめ》は、当時の社交界で『淡雪《あわゆき》の君《きみ》』と呼ばれ、ずいぶんと評判だったらしい。盛大《せいだい》な玉《たま》の輿《こし》を期待されていたことは想像に難《かた》くない。

しかし、イリスの魅力《みりょく》をもってしても実家の借金の額が大きく、また領地の経営もほぼ破綻《はたん》していたため、金と権力のある堅実《けんじつ》な貴族からはことごとく縁談《えんだん》を断られたという。

縁談用の肖像画を描き直す金もないまま、当時のダルマス伯爵、私の祖父にあたる人が早々に亡《な》くなってしまう。

追《お》い詰《つ》められたダルマス伯爵家に手を差《さ》し伸《の》べたのが、私の父、パージュ子爵家《ししゃくけ》の嫡男《ちゃくなん》、テオドールだ。子爵になったのはジゼルの祖父の代からで、金で地位を買ったばかりの、いわゆる成金《なりきん》貴族だった。

パージュ子爵家は王国の西側に広く販路《はんろ》を持つ『一角商会《いっかく》』を運営しており、当時出資していた海運事業が成功したため、とにかく金はあったらしい。

テオドールはまずダルマスの借金を引き上げて担保にされていた土地をすべて手に入れ、領地運営の健全化に尽力《じんりょく》し、あっという間にダルマスの惨状《さんじょう》を立て直してしまった。

その上で、名ばかりの女伯爵となったイリスに結婚を申し込んだというのだ。

ヒロインの危機に颯爽《さっそう》と現れるヒーローか、金も領地も失った哀《あわ》れな令嬢に脅迫《きょうはく》同然に結婚を迫《せま》る悪漢か、笑顔《えがお》ばかりが描かれる肖像画から読み取ることはできない。

全部人づてなのは、私がこの肖像画の女性、母に関する記憶がほとんどないからだ。

私を産んだ四年後、オディールを産み落としてすぐに、母は死んでしまったのだから。

おそらく、これが悲劇の始まりだった。

テオドールは持てる金と時間と名誉《めいよ》の限りを尽《つ》くして妻を愛していたため、その哀《かな》しみから妻が亡くなった翌年、重い病を患《わずら》ってしまう。

愛する娘達のために弟であるロベール＝パージュに子爵位を譲《ゆず》って後見を託《たく》し、絶対に何一つ不自由なく育ててやってほしいと強く強く訴《うった》えて、父は亡くなった。

叔父ロベールは父の遺言《ゆいごん》をご丁寧にも忠実に守り、オディールの望むものはなんでも叶《かな》えてきた。その結果が惨憺《さんたん》たる悪役令嬢の完成である。

もっと身分が低ければ、宮廷《きゅうてい》で騒《さわ》ぎを起こすこともできなかっただろう。財も歴史もある家系であれば、幼少期から各種社交スキルを厳しくたたき込まれるので、ぽっと出の庶子の子女に自ら手を下すような無様はさらさなかったはずだ。

古い爵位《しゃくい》のプライドに成り上がりの蔑《さげす》みが絶妙《ぜつみょう》にトッピングされた結果、全方位に棘《とげ》だらけで隙《すき》だらけな悪役令嬢のできあがりである。

ため息を重ねてしまう。

「ジゼル」

長い廊下《ろうか》の反対側から聞こえた声に体ごと向き直る。

「主神に感謝せねば。もう起き上がって大丈夫《だいじょうぶ》かい？」

「はい、叔父様。今ご挨拶に伺《うかが》うところでした」

燃えるような赤毛、つり上がった目。にらまれればすくみ上がってしまいそうな、整ってはいるが悪人らしい人相の男性。

海の色をした瞳の中で少女はゆっくりと淑女《しゅくじょ》の礼をとる。

「おはようございます、叔父様」

「おはよう、私の天使。お前は義姉《ねえ》さんに似て体が弱いのだから、無理をしてはいけないよ」

「そのことなのですが、叔父様」

「？」

視線を合わせてくれる優しさに感謝しながら、精一杯《せいいっぱい》儚げな笑《え》みを作ってみる。

「私、夢を見ましたの。どこまでも光と花が尽きない、それは美しい場所でした。きっとあれは主神おわす楽園の野だったのだと思います」

「ジゼル……っ」

楽園の野。天国を示すその言葉にナイスミドルがみるみる情けない顔になるのをつねりあげたい気持ちで、表情筋に力を込めた。ここが踏《ふ》ん張《ば》り処《どころ》だ。

「ええ、きっと楽園の野だったのです。だってお母様がいらしたんですもの。私、お母様についていこうとしたのですけど、お母様は許してくださらなくて……代わりに微笑んで抱きしめてくださいました」

無論そんな夢は見ていない。ゲーム中にイリスの台詞はないので慎重《しんちょう》に言葉を選ぶ。

「お母様は、オディールのことを、とても気にかけていました。どうかあの子を愛し、慈《いつく》しみ、厳しく。そう、厳しく！　育ててほしいと」

ぎゅっと胸の前で祈るように指を組み、角度にして三十度ほど視線を下げた。

長い睫毛が愁《うれ》いを帯びた表情を作り出し、嚙《か》みしめた唇《くちびる》の色がいっそう淡雪の肌を引き立たせる。

「主神エールはオディールを私の妹として遣《つか》わしてくださったのに、私は寝込《ねこ》んでばかりで……あの子に何もしてあげられていません。私、もっともっと元気になります。それに、オディールのことも、姉として支え導けるようになりたい。勉強も、作法も、淑女として必要なことを、全部オディールと二人で頑張りたいんです」

「ああ、ああ！　もちろんだとも、ジゼル。お前の母が、義姉さんがお前の命を守ってくれたのだから。お前はもう楽園の野へなど行くものか……たった二人きりの姉妹《しまい》だ、力を合わせて共にあるのは当然のことだ」

「ありがとうございます、叔父様」

顔面ぐしゃぐしゃで鼻水まで垂らしているナイスミドルにハグされながら、とりあえずの進展にぐっと拳《こぶし》を握《にぎ》った。

ジゼルの体調不良の原因はこの叔父の過保護にもあると考えたからだ。

ゲーム中のオディールの台詞を思い出したのだ。『叔父様はお姉様が咳《せき》の一つもこぼしただけで部屋に閉じ込めておいでてしたものね』と。実の姉にも毒吐き放題である。

ほぼ全攻略対象のイベントを荒《あ》らすバイタリティとメンタルの持ち主であるオディールと比べるのもどうかと思うが、そんな妹に比べるまでもなくジゼルは確かに体が弱い。

しかし部屋で寝ているだけでは体力も筋肉も落ちる一方、ただでさえ死にやすいモブの死因に『虚弱《きょじゃく》』が追加されるだけだ。少なくとも健康的な令嬢になりたい。

朝っぱらから叔父と姪がひしと抱擁《ほうよう》しているシーンを、使用人達が遠巻きに眺めている。

そろそろ誰か助けてくれないだろうか、と思ったところでカップの割れる音が遠くから聞こえた。ついで、ばたばたと走り回る人の気配も。

叔父の頬《ほお》に許しを得てキスを一つして、私は踵《きびす》を返した。

毎朝毎朝、この病弱で気の弱い令嬢が無視し続けた音に向かって、一歩踏み出すために。


食堂の扉《とびら》を開けたメイドに、私を先導するつもりはなかったのだろう。というのも、両手に汚《よご》れたテーブルクロスを抱《かか》えていたからだ。

視界にこの家の令嬢を見つけて、メイドは慌《あわ》てて道を空ける。

横を通り過ぎると痛いほどの視線を感じる。

それはそうだろう、ジゼルはいつも自室にこもっていて、オディールがジゼルを訪ねない限りこの姉妹は顔を合わせることもなかったのだから。

「私は薔薇のジャムが食べたいって言ったじゃない！　どうして用意できてないのよ‼」

何か固い物がぶつかる音がして、ベチッとあまり可愛《かわい》らしいとは言えない音がした。

「申し訳ありません、お嬢様《じょうさま》」

「いやよ！　いや‼　薔薇じゃなきゃいやなの‼」

あまりにもわかりやすい駄々《だだ》に、ため息が重くなる。

妹はほぼ毎朝こんな癇癪《かんしゃく》を起こしている。朝の紅茶に入れるほんのひとさじの薔薇のジャムのために皿を何枚も犠牲《ぎせい》にするのだ。

その声は、記憶にある限りジゼルの部屋にも届いていたはずだが、癇癪一つ起こしたことがない生来おっとりした性格のジゼルにはオディールの激しい感情が全く理解できず、早々に理解する努力も放り投げ、なるべく距離《きょり》を取りたいと考えてしまっていた。

誰だって地雷原《じらいげん》に足を突っ込みたくはない。

しかしやらねばならぬので。

「おはよう、オディール。朝から賑《にぎ》やかね」

「!!」

ぴたり、部屋にいた人間の動きが止まる。

小さな手に打たれていた三つ編みのメイドも、今まさに犠牲になりかけている小皿も、それを手にした少女も。

肖像画の姿より少し成長した、燃えるような赤毛の美少女。

うんざりするほどゲーム画面で見た彼女の幼い日の姿だと、もう一度確信する。

「オディール」

ゆっくり、名前を呼ぶ。

「お、姉様」

同じ色をしたアメジストの瞳はしばらく言葉を探していたようだったけれど、机の上に小皿を置き直して、きゅっと口を引き締《ひし》めてまっすぐに見上げてくる。

「おはようございます、お姉様。もうお体はよろしいの？」

「ええ、心配してくれてありがとうオディール。主神のお導きに感謝しなくては」

「……」

小さな貴婦人の目から、警戒《けいかい》と猜疑《さいぎ》の感情がはっきりと伝わってきた。

「私もお茶をいただいて良いかしら？　オディール」

「……ええ。すぐにお茶の用意をして！」

「は、はい！　ただいま！」

手や足にいくつも小さなあざを作ったメイドを見送り、淑女のテーブルと呼ぶには荒れ果《は》てた席につく。

向かいの席に座りながら、オディールは落ち着かない様子で視線をさまよわせていた。

しかし時折目が合うと、侮《あなど》られまいと強い意思をもってにらみつけてくる。もうすでに悪役令嬢の片鱗《へんりん》ばっちりである。

「オディール。先ほどは何故《なぜ》あんなに大きな声を出していたのかしら？」

「あれはメアリが悪いのよ」

きっぱりと幼い声が断言する。

メアリ。先ほどのそばかす三つ編みメイドの名前らしい。

「私が薔薇のジャムが欲しいって昨日言っておいたのに、用意できなかったの。本当に使えないんだから」

ふんぞり返って鼻で笑う。甘いものが食べたい、という子どもらしい発言だが、その結果がさっきのバイオレンスな癇癪なので一切《いっさい》可愛くはない。

身分と立場に物を言わせて暴力を振《ふ》るう姿は、こちらの事情を差し引いても目にしたくない光景だ。

「今は薔薇の季節ではないでしょう。無茶を言ってメイド達を困らせるものではないわ」

「！」

オディールが信じられない、という顔でこちらを見ている。

当然だろう、今日まで誰一人オディールの行いに苦言を呈《てい》する者はいなかったのだから。

「オディール。あなたが素晴《すば》らしい主人であれば、彼らはあなたのためになんとしてでも薔薇のジャムを探し出してくれたかもしれないけれど。仕える人の献身《けんしん》を得られないのは、主人がそれに足る人間でないと公言しているのと同じこと」

ぐっと眉間《みけん》にしわを寄せて、正面からオディールの視線を受け止める。理解できない単語が含まれていようと、責められていることは感じるのだろう。オディールの口がへの字に曲がる。元々きつめの顔立ちなので、不機嫌《ふきげん》を詰め込んだような表情になった。

「メイド達に無理な命令をして、悪く言うのはおやめなさい。あなたが何もできないだめな主人だと言いふらしているようなものよ」

「……っ！　私は悪くないわ‼」

バンッ！

テーブルに残った花瓶《かびん》と小皿が飛《と》び跳《は》ねるほど強く天板をたたき、オディールは淑女らしからぬ音を立てて椅子《いす》を引いた。

「お姉様なんか大嫌《だいきら》い‼」

アメジストの瞳に燃えるような怒《いか》りを滾《たぎ》らせて私をにらみつけると、オディールは食堂の扉を観音開きに開け放ち、そのまま走り去ってしまった。

重い木製の扉が壁に当たる低い音が部屋に響《ひび》く。

一朝一夕《いっちょういっせき》でどうにかできるとは思っていないけれど、先の長い話になりそうだ。

部屋を見渡《みわた》すと、伯爵家にふさわしいカトラリーが行儀《ぎょうぎ》良く並んでいるが、重厚《じゅうこう》な一枚板のテーブルには所々目立った傷があった。磨《みが》き上げられた飴色《あめいろ》の木肌《きはだ》に触《さわ》ろうとして、入り口で銀の盆《ぼん》を持ったまま立ち尽くしているメイドと目が合ってしまった。

目を丸くして口を開けているメイドに苦笑《くしょう》して立ち上がる。名前は確か。

「メアリ。オディールがごめんなさい、後で薬を届けるようメイド長に言っておくわ」

「は、え、はい」

「それと、明日からしばらくは私も朝食を食堂でとります。叔父様のお許しはこれからいただくつもりだけれど、厨房《ちゅうぼう》に伝えておいてもらえるかしら」

「はい！」

姿勢を正したメイドの動きに遅《おく》れて、後ろでまとめた三つ編みがぴょんと跳ねた。

その顔が引きつっているのを見ないふりで、なるべく優しい笑顔を残して部屋を出る。

オディールは言わずもがな、ジゼルも自分の家の人間を全く把握《はあく》できていない。

部屋に閉じこもってばかりで、狭《せま》すぎる自分の世界だけを見ていた。

さっきオディールに言った言葉はそのままこれまでのジゼル、私自身にもあてはまる。

この家にいる使用人の誰一人、ジゼルが死にそうになっても、オディールが窮地《きゅうち》に陥ってても命を懸《か》けてはくれない。

そして、きっとこの家が没落しても船を見捨てるネズミのように消えるだけだろう。

死にたくない。できれば没落だってしたくない。でも多分、このままだとそうなる未来しか見えない。

体にしみついた習慣とは怖《こわ》いもので、ぼんやりと歩いていると自分の私室を通り過ぎて寝室《しんしつ》までたどり着いてしまった。

本来であれば私室に置かれるべき本棚も文机《ふづくえ》もすべてが寝室にそろっていて、まるで三歩以内に必要な物すべてを配置したコタツのようだ。なんて狭い世界だろう。

絹のシーツにくるまれているだけでは、きっと死んでしまうので。

寝室に背中を向けて、鏡に向かって再度『淡雪の君』の微笑みを練習して、叔父へのお強請《ねだ》りに備えることにした。


可愛い妹と食事を共にしたいという姉の願いは当然快諾《かいだく》された。

最初に犠牲になったのはパンが載《の》っていた皿だった。

薔薇のジャムが今日もテーブルに並んでいないことについて、早速《さっそく》癇癪を起こしたのだ。

花のジャムのような嗜好品《しこうひん》は昨日の今日で手配できる物ではない。

「オディール。昨日私が言ったことがわからないの？」

きつくにらみつければ、同じ色をした瞳がにらみ返してくる。

背後でメイド達が動揺《どうよう》する気配を感じるが、振り向いている場合ではない。

「ここは私のお家《うち》よ！　私が何をしようと自由だわ！」

「そうね、でもあなた一人の家でもないのよ。私達は家族だけれど、いくらなんでもみっともない姿を見せているとは思わない？　私があなたの目の前で皿を投げつけて、落ち着いて朝食を食べられるかしら」

「お姉様が勝手に食堂に来たんじゃない！　いつも部屋で食べてるくせに、後から来て私に文句を言うなんて、理不尽《りふじん》よ！」

「ひどいことを言うのね。私が招かれざる客だと言うなら、あなたはますます無様なところを見せるべきではないわ」

「お姉様なんか嫌《きら》い！　大っ嫌い！　勝手だわ！　横暴よ！」

「あなたがいい子ならこんなことは言いません」

「私は悪くないわよ‼」

「何故そう言いきれるの」

「私がっわた、私がダルマス、はくしゃく家の、オディールだからっ」

言いながら、その言葉が全く意味をなさない相手だと理解しているのだろう。とうとう泣き出してしゃくり上げてしまった。

十九年の前世と十四年の今生を足した中身で相手をしているのだ。大人げないとは思う。

大粒《おおつぶ》の涙《なみだ》をはらはらとこぼしている少女を見れば痛む胸もある。

だが、ここで手心を加えては死亡フラグ没落ルートを回避《かいひ》することはできない。

「あなたに仕えてくれている皆《みな》を大切になさい、今私が言っているのはそれだけよ」

「……！　出て行って！　お姉様なんか顔も見たくない‼」

ぼろぼろと涙をこぼしながら、食堂の入り口を示す。

昨日のように逃《に》げ帰《かえ》りはしないあたり、ふてぶてしくもプライド高い淑女だ。無論ここで退場などしない。部屋中の視線を集めながら、朝食を完食して席を立った。

「ごきげんよう、オディール。今日は歴史の勉強だったわね、頑張ってね」

とうとうこちらが席を立つまで着席しなかったオディールに、未来の根性《こんじょう》とバイタリティを見る。その泣き顔はなんだかいっそ必死で可愛くて、笑ってしまわないよう注意する必要があった。

メイド達が閉めた扉の向こうで、皿の割れる音がした。怒声《どせい》と罵声《ばせい》が響く扉を振り返りながら、小さくため息をつく。

「あなた達の給与《きゅうよ》を上げてもらうよう叔父様にお願いしてきます。しばらく迷惑《めいわく》をかけてしまいますけれど、よろしくね」

控えていた使用人達は困惑した様子だったが、昇給《しょうきゅう》は素直に嬉《うれ》しいのだろう、まばらに礼を言って下がっていった。

角を曲がったところでひそひそと声を潜《ひそ》めている。

ジゼルお嬢様は人が変わってしまったようだ。どうも先日の熱で楽園の野を見たらしい。

部屋に閉じこもって手のかからないはずだったジゼル嬢が面倒事《めんどうごと》を起こしている。

だがもしオディール嬢が改心すればこの屋敷での仕事がとても楽になる。

どうせ後見人は姪達を溺愛《できあい》していて何も口を出しやしないのだから、遠くから成り行きを見守っていよう。そんなところだろう。

「あ、あの、ジゼルお嬢様」

後ろから声をかけられて振り返ると、栗色《くりいろ》の三つ編みがぴょこんと揺《ゆ》れた。

「メアリ。どうかして？」

オディールの部屋付のメイドで、最もオディールの被害《ひがい》を受けているのが彼女だ。

「き、昨日っ、メイド長がお薬をくださったんです。あの、ありがとうございます！　大切に使わせていただきます！」

「そう、良かったわ。でも御礼《おれい》なんていいのよ、あの子が原因なんですもの。頭を下げなくてはならないのは私の方だわ」

恐縮《きょうしゅく》しきっているメアリを見上げる。まだ少女と言っても良いくらいの見た目だ。十六、七歳といったところだろう。周囲のメイドと比べてもずいぶん若い。伯爵令嬢の部屋付きともなれば、もっと年上のベテランのメイドがつきそうなものだけれど。

人材がいないのか。それとも、メイド長の差配なのか。もしくは、あの叔父の考えがあるのだろうか。考えても答えは出ないので切《き》り替《か》える。

「オディールをよろしくね。……根はいい子なの」

「は、はい」

返答に苦笑が混じるので、返す顔も苦笑になってしまう。環境《かんきょう》が人格を形成するので、生まれた瞬間《しゅんかん》の根は良い子なのだと信じたい。

大丈夫、今からでも取《と》り戻《もど》すことはできるはず。

私室に戻り、今日の予定を確認《かくにん》する。

魔術の授業が午後から予定されていた。魔術の訓練は重点的に行っていきたい。というのも、それがジゼルの死因の一つだからだ。

『楽園の乙女』において、魔力は重要なパラメータだ。

遠い昔、この国が侵略者《しんりやくしゃ》に蹂躙《じゅうりん》されていた時代。魔力ある若者達が立ち上がって異教徒に立ち向かい、国を興《おこ》したという謂《い》われからだ。

古い家柄《いえがら》であるほど強い魔力を求められ、たとえ平民でもその強大な魔力のために特別に聖女として王族に嫁《とつ》いだ女性までいる。

ジゼルもまた、母親譲りの強い魔力を持っている。属性は水。

ジゼルにとってのメインルートといえる侯爵令息リュファスルートで、ジゼルは病に倒れる。この病というのがジゼルの魔力に起因するものなのだ。

ジゼルは魔力の強さに反してそれをコントロールする力が弱く、自分自身の魔力で自家中毒になっている。元々体力がないことも手伝って、ジゼルは次第《しだい》に弱っていき、最後には自らの魔力に殺されてしまう。

これは攻略対象とヒロインのイベントを進めるため、という役割の他に、後々に強い魔力を持つキャラクターが魔力を暴走させたり、望まない魔力を手に入れたりした場合、魔力の制御《せいぎょ》不能を起こすと最悪死にますよ、という例示としての死亡パターンと考えられる。何も死ななくても良かったんじゃないかな。

自分の匂《にお》いで死ぬカメムシみたいなイベントは御免《ごめん》こうむりたいので真剣《しんけん》に取り組む所存だ。ちなみに以前の家庭教師はオディールの癇癪に耐《た》えかねて辞表をたたきつけたきり二度と姿を現さなかった。元々魔術師という人種はプライドが高く、コミュニケーション能力に難のある人が多いのだ。

気合いを入れて教科書を用意していると、時間ぴったりに扉は開かれた。

現れた魔術師はアッシュグレーの長髪《ちょうはつ》を一つに束ねた男性で、年の頃《ころ》は叔父と同じくらいだろうか。魔術院《まじゅついん》の制服を着ているので王宮付の魔術師のアルバイトらしい。

「はじめまして、ジゼル様。体調を崩《くず》していたと伺いましたが、お加減はいかがですか」

「おかげさまで。今日からよろしくお願いします、先生」

「以前の授業から大分空いてしまったから、基礎《きそ》の基礎から、ということでしたね」

「はい。妹に教えてあげたいので、私も基本から勉強し直そうと思って」

「良い心がけです。きっと姉妹で勉強すればはかどりますよ」

教科書を広げてみれば、ジゼルとして学んだことのある文章が序文に書かれていた。

「まず一番大切なことは、魔術は万能《ばんのう》ではないということです。魔術にできることは、基本的にすでにそこにある物質の状態と方向性を定めるものだと思っておいてください。ジゼル様は水の属性の魔力をお持ちですが、無から有を生み出すのは大変難しいことです」

教師はコップの水を示す。ジゼルの属性に合わせて水が用意されているのだ。

「それなら、風や土はとても便利そうですね。どこにでもあるから」

「ははは、そう思うでしょう？　しかし、風や土を自在に操《あやつ》るには、他の属性より大量の魔力を必要とするんですよ。果てのない空や大地から、特定の部分だけを操作するのは至難の業《わざ》ですから。その二属性の優秀《ゆうしゅう》な魔術師は魔術院にも数えるほどしかいません」

ちなみに未来の私の婚約者、リュファスがそれである。属性は土。

家庭教師は黒板に人の形を書き、次にその中に水瓶《みずがめ》の絵を書いた。

「魔力は血と共に体を巡《めぐ》り、心臓の底に魔力の器《うつわ》を形成します。故《ゆえ》に、器は二つ目の心臓とも呼ばれています。魔力は呼吸と共にこの器へため込まれ、器が大きいほど使える魔力が多く、強靭《きょうじん》であるほど強力な魔術が使えます。魔力の器に負荷《ふか》がかかると、体にも影《えい》響《きょう》が出ますから、あまり無茶はなさらないでくださいね」

つまり私の体は、薄いガラスの水差しのようなものらしい。

取り込んだ魔力の重みで自壊《じかい》してしまう、『弱い器』ということだ。水差しの注ぎ口は細くて、大量の魔力を一度に出力することもできない。

ため息が重い。使えない魔力はないのと同じなのだから。

そういえば、と私は手を上げる。

「先生。魔術の使えない人でも、魔術が使えるような道具はありますか？」

「魔道具《まどうぐ》ですか。ええ、ありますよ。もう目が飛び出るほど高価なものが」

にこにこと笑って家庭教師は自分の胸元《むなもと》を示した。銀製らしい、ピカピカの飾りボタンに、動物が彫刻《ちょうこく》されている。

魔道具は元々のゲームで実装されていたもので、攻略対象からプレゼントされるイベントアイテムだった。パラメータを上下するアイテムではなく、フラグ分岐《ぶんき》用のアイテムだったので、実際に使用しているシーンは見たことがない。

「身を守る魔道具はありませんか？」

「……護身に不安がおありで？」

家庭教師が怪訝《けげん》そうな顔をして眉を寄せた。

十四歳の少女が欲しがるアイテムではないのは重々承知だ。

「これでも伯爵家の嫡子《ちゃくし》ですもの。それに、ご存じないかもしれませんが、社交界だってお茶会だって、戦場です。熱々の紅茶や毒が塗《ぬ》られた扇子《せんす》がうっかり投げつけられるかもしれないでしょう？」

「ははは、確かにおっしゃる通りです。ジゼル様は近々戦場に出るご予定が？」

「えっと、そうですね。クタール侯爵家あたりでしょうか」

嘘《うそ》ではない。きっと近々招待されるはずだ。全然望んでいないけれど。

「何が起こるかなんてわかりませんもの。この先きっと、必要になると思います」

あくまでクタール侯爵家の悪口にならないよう、少女の無邪気《むじゃき》さを装《よそお》う。

まだ社交界デビューしていない、夢見る乙女の過剰《かじょう》な妄想《もうそう》だというていで教師を見上げれば、教師は少し考え込むように口元に手をやっていたが、ややあって頷いてくれた。

「町一つ丸ごと砲弾《ほうだん》から守るような結界は無理でも、ジゼル様お一人、いやお二人くらいを守れる防護の魔道具ならありますよ。どちらかというと領地戦や辺境での小競《こぜ》り合《あ》いに持ち出される道具ですが」

「本当ですか？　では、工房《こうぼう》を紹介《しょうかい》していただけませんか？」

「よろしければ私がお作りしましょう。何を隠《かく》そう、私はその道の専門家なので！」

えへん、と魔術師が胸を張る。胸元の飾りボタンの他にも、いくつか魔道具らしきものがキラキラと光っている。

「薔薇のダルマスにふさわしい、素晴らしい魔道具を用意して差し上げますとも！　是非《ぜひ》私にお任せください」

丸眼鏡がきらりと光る。きっと王宮勤めの魔術師にはいい副収入になるのだろう。

「わかりました。それではお願いします、先生。なるべく頑丈《がんじょう》で、何度も攻撃《こうげき》に耐えられるような、最高の防護の魔道具をお願いします」

「ははは、もちろんですとも。……本当に命とか狙《ねら》われてませんよね、ジゼル様」

心底心配そうな顔をした家庭教師に、私は曖昧《あいまい》な笑顔を返すことしかできなかった。


寝る前に今日の授業のおさらいをする。

銀製のボウルにたっぷり注がれた水に集中する。触れた指先から魔力を注がれた水が渦《うず》を巻き、水柱となって蛇《へび》のようにうねりながら空中に踊《おど》り出《だ》す。

薄いガラスをはじくような硬質《こうしつ》な音がして、水が氷になっていく。

ほっそりした棒から、次々と枝が生え、頼《たよ》りない萼《がく》の上へ薄い花弁が花開く。数滴《すうてき》の水が枝の凹凸《おうとつ》になり、透明《とうめい》な氷の薔薇が咲《さ》いた。

ボウルから生え出したような氷の薔薇を根元から手折《たお》る。魔力の起点を失った氷はただの水に戻る。地味な訓練だが、定期的に魔力を放出しておくことで自家中毒の予防にもなるらしい。毎日続けることが必要だ。

ふと思い立って、控えていたメイドを呼んだ。

「アン、これをオディールに届けてくれる？」

「かしこまりました」

肩口《かたぐち》でそろえた黒髪《くろかみ》が揺れる。感情の読みづらいこのメイドが、ジゼルの部屋付きだ。

メアリ同様、部屋付きのメイドにしては随分若い。顔つきからしておそらくメアリより年下なのではないだろうか。

「どうかなさいましたか、お嬢様」

「……いえ、なんでもないの。リボンでも巻いた方が良いかしら。赤いリボンはある？」

「はい、ございます」

「では、お願いね。また癇癪を起こしていないと良いのだけど」

もしかすると火に油かもしれない。だが、妹の存在を遮断《しゃだん》し続けた姉には、妹が何を喜ぶのかさえわからないのだ。

記憶をどれほど掘《ほ》り返しても、これまでに渡《わた》したプレゼント一つ、思い出すことができなかった。もしかして一度も何も渡していないのではなかろうか。姉妹の断絶が深すぎて奥歯《おくば》を食いしばってしまう。どうしてこうなるまで放っておいたのか。

アンが頭を下げ、音もなく退室したのを確認して、もう一度銀製のボウルに向き直る。

没落しても生きてはいけるかもしれないけれど、確定している病気くらいはなんとかしなくては。リュファスルートで特に死期が早かっただけで、最終的にどのルートでもこの病気で死んでるんじゃないだろうか、ジゼル嬢。

他人事《ひとごと》のように思ってみたけれどそれは今の私の末路でもあるわけで。思い至った可能性を振《ふ》り払《はら》い、指先で咲《さ》き誇《ほこ》る薔薇が散らないよう意識を集中することにした。

歴代家庭教師による報告書に目を通した結果、マナー、ダンス、あらゆる勉強についてオディールが一切手をつけておらず、家庭教師達が次々と辞《や》めていると知ることになった。

ゲームの中のオディールは一応淑女らしく振る舞《ま》っていたので、まさかこんなところで躓《つまず》いているとは思わなかった。

オディール嬢、もしかして勢いがあってプライドが高いだけの本当に残念な令嬢だったんだろうか。それでは性格の悪さを差し引いても社交界に金目当ての取り巻き以外に友人がいなかったのも頷ける。

あれから毎日朝食を共にしているが、長くもない時間のやりとりだけでもかなりこちらのメンタルを削《けず》ってくる。

子どもらしいと言うべきなのか、イージーモードで楽して生きたい、世界で一番お姫様《ひめさま》思考。とにかくこれらの考えを徹底的《てっていてき》にたたき潰《つぶ》さないことには先に進めない。

そろそろ悪役令嬢が砂糖壺《つぼ》をこちらに投げてきてもおかしくない。

八つ当たりで人に向かって器物を投げつけるなど、悪役令嬢検定昇級《しょうきゅう》間違《まちが》いなしだ。

人間は安定と現状維持《いじ》を求める生き物だ。これまでと環境が変わりすぎてあの勝ち気な少女がストレスをためていることは重々承知だ。

けれど、このペースだときっとゲームスタートに間に合わない。

時間がないので、伝家の宝刀を早々に抜《ぬ》くことにした。

「病気で伏せっていた分も、もう一度勉強し直したいのです。オディールと一緒ならきっと楽しいわ。ね？　叔父様」

毎朝の闘争《とうそう》が後見人である叔父の耳に届いていないわけがないと思うけれど、精一杯可愛いそぶりでお強請《ねだ》りをしてみる。

姪達を目に入れても痛くないほど可愛がっているパージュ子爵は快諾してくれた。

オディールが叔父に泣きついていないはずがない。それなのに、私の願いが一も二もなく了承《りょうしょう》されたことに、若干《じゃっかん》の違和感《いわかん》を覚える。とりあえず目的の達成が第一なので気にしないことにした。

以来、すべての授業をオディールの隣で受けることになった。

飽《あ》きたからお菓子を持ってこいと言うオディールを窘《たしな》め、問題が解けないと癇癪を起こしてクビを宣告するオディールを横に、どうぞお気になさらないで、と授業を続けてもらい、マナーの授業では家庭教師と同じ回数だけオディールをしかることになった。

そんな生活が一ヶ月も過ぎると、少しだけ変化があった。

オディールではない。使用人の方にだ。

「ジゼルお嬢様、オディールお嬢様が……」

眉をひそめながら、オディールの横暴や癇癪を報告に来るようになったのだ。

告げ口というべきか。使用人が口答えしようものならナイフを投げかねない気性《きしょう》の激しさは全く治らないけれど、そのナイフを実の姉に向けるほどブレーキが壊れてはいない。

オディールに意見ができるのは、年長で、現時点ではオディールより魔力の強い存在、未来の当主である私の他にいない。

そして、徹底的に使用人の側に立って守り、オディールを窘めている。

そもそも素行が悪すぎてオディールの味方になりようがないのだけれど、ジゼルお嬢様はこちら側の人間と使用人達が認識《にんしき》し始めたのだ。

もっとも、面倒事をていよく押しつけようとしているのも多分にあるのだろう。

報告があるたびオディールの部屋に足を運んで経緯《けいい》を聞き出し、伯爵令嬢として、高貴なる義務を持つ身として、主神に仕える正しい人のありようとしての良識と常識を説く。

最近ではオディールが私の姿を見ただけで身構えるようになってきた。悪化の一途《いっと》をたどっている気がする。

ぱしゃん、間抜《まぬ》けな音を立てて水柱が銀のボウルに戻ってしまう。集中力が途切《とぎ》れてしまったらしい。雑念を振り払ってもう一度、最初から。水に触れて渦を作る。

「っ、」

ぐらり、視界が歪《ゆが》んだ。

銀のボウルに腕《うで》が当たって、そのまま絨毯《じゅうたん》を水浸《みずびた》しにしてしまう。

「お嬢様⁉」

すぐ後ろからアンの声が聞こえた。

彼女が抱き留《と》めてくれたおかげで、床《ゆか》とキスせずに済んだらしい。

「今日はもう、お休みください。ひどい顔色です」

「……ええ、そうするわ」

整えられたベッドに横たえられると、全身がだるく顔を動かすことさえおっくうだ。

この感覚を知っている。ジゼルとして生きてきて、何度も何度も身近にあった感覚だ。

意識が暗闇《くらやみ》に落ちていく。そういえば、フルタイムで家庭教師の講義を受けるのも、連日声を張り上げるのも、今までで初めての経験だ。

そもそも体力の基本値が低いのだ。虫の鳴くような声で話して、毎日ベッドから窓の外を見つめて、家族の声も無視し続けた。現実逃避《とうひ》の結果からのスタートなのだ。

誰か、人の気配を感じた気がしたけれど、瞼《まぶた》が開かなかった。

結局回復までに三日かかってしまった。

以前より運動量は増えていると思うのだけれど、これからは食事療法《りょうほう》や筋トレも始めた方が良いかもしれないと考える。この儚そうに見えて本当に儚いキャラクターがだめなのだ。いっそ悪役令嬢のマッチョな姉みたいなモブの方が生存率は高そうな気がする。

ほとんど香辛料《こうしんりょう》の風味がしないパン粥《がゆ》をすすっていると、例によって子どもの声の切れ端《はし》と、ざわめく気配が扉越《とびらご》しに伝わる。

廊下で何か叫《さけ》んでいるらしいオディールの声に、スプーンを持つ手がこわばってしまう。

「どうかご無理はなさいませんよう」

「ありがとう、アン」

先んじて制されてしまい、苦笑して粥《かゆ》を押し込む作業に戻る。

ふと、部屋の隅《すみ》に見慣れない色彩《しきさい》を見つけた。

一輪挿《いちりんざ》しに薔薇が挿《さ》してある。庭の薔薇だろうか。花瓶にはいつも花が満ちていたけれど、一輪挿しは見たことがない。わざわざ用意したのだろうか。

問いかけようとしたけれど、アンは食後のお茶の用意をしていて忙《いそが》しそうだった。

仮にも伯爵家に一輪挿しが一つもないなんてこともないだろうし、きっととびきり綺麗《きれい》に咲いた薔薇でもあったのだろう。

庭の薔薇はオディールの髪色のような深紅《しんく》の薔薇ばかりなのに、一輪挿しに生けられた薔薇は雪のような純白だった。

夜の窓に映る令嬢はいかにも頼りなげで、いつ死んでもおかしくないか弱さだ。

ダルマス伯爵領の相続権を持ち、母親譲りの美貌があり、この国では重要視される魔力も持っている。これだけ恵まれた能力がありながら、体が弱いというだけで、私は何故か生きることに無気力だった。

偶然《ぐうぜん》でも妄想でも、私に別の視点を教えてくれた主神エールに感謝する。

死にたくない。痛いのや苦しいのはもちろん嫌だし、今度こそ。

今度こそ、今生こそ私は『何者か』になりたい。

なんとなくなりたかった『何か』、なんとなく欲しかった『何か』。

人生の目的だとか、幸せだとか、そういうのをちゃんと見つけて、そうやって、私を好きになりたい。そのために、また十九歳やそこらで死ぬなんて絶対ごめんだ。

とはいえ、オディールは日に日に口が達者になって、正面から刃向《はむ》かってくるようになった。今のところ子どもの喧嘩《けんか》レベルなので言いくるめられるけれど、そのうち実力行使に出られたらどうしよう。

こんなことなら私自身が悪役令嬢に転生した方がよほどましだったのでは。ままならない運命に頭痛がしそうだ。

朝日が覚めたら、オディールが突然《とつぜん》心優《こころやさ》しい淑女になっていたりしないだろうか。

主神エールよ、人生そこまで甘くはありませんか。

闘争《とうそう》も毎日続けばネタ切れで、正面から戦っても勝てないことを悟《さと》った小さな令嬢は、今度は逃走《とうそう》を選択《せんたく》した。

授業の時間になっても部屋に戻《もど》らないオディールを無視するのは簡単だ。しかしあの無《む》駄《だ》にあふれる闘争心と根性《こんじょう》の持ち主であるオディールがちょっとやそっと無視したくらいでこたえるとは思えない。

悪役令嬢と野生児なら野生児の方がましかもしれないと一瞬《いっしゅん》思いはしたが、癇癪《かんしゃく》持ちの野生児のグッドエンドが『森に帰る』しか見えなかったので踏《ふ》みとどまった。

オディールが抜《ぬ》け出《だ》す前に部屋にとどめればメイド達に、隠《かく》れているオディールを見つけて連れてきたらその使用人に、少ないけれど特別賞与《しょうよ》を出すことにした。

連日すまきにされて泣きわめきながら連れてこられるオディールを出迎《でむか》えるのが日課に

なりつつある。

　甘えに甘やかした子どもを突然《とつぜん》良い子にできるはずがない。根気強く付き合うつもりだ。

　金切り声と罵声《ばせい》にあふれた賑《にぎ》やかな日常を過ごしながらも、運命は足音高く私の後ろに迫《せま》ってくる。冬の風が吹《ふ》く季節になって、街道《かいどう》に雪が積もる前にと、クタール侯爵家からお茶会の招待状が届いたのだ。

　ゲーム中のジゼルはクタール侯爵令息リュファスの婚約者だった。モブ故《ゆえ》に情報の少ないジゼルだけれど、『子どもの頃《ころ》からの婚約者』という情報はある。

　いずれ来るとは覚悟《かくご》していたが、いざセーブなしコンティニューなしの一発勝負で初見クリアしろと言われるとなかなかのプレッシャーだ。

「クタール侯爵家って、領地が隣合《となりあ》わせなこと以外何かつながりがあったかしら？」

「一角商会の古い取引先です。旦那《だんな》様もロベール様も、クタール侯爵様と親交がありました。特にロベール様は侯爵様の遊学中、外国までお供をしたと伺《うかが》っております。奥様も生前は侯爵夫人と親しくお付き合いなさっていたそうですよ」

「叔父様が……そうだったの」

　部屋付きのメイドであるアンの回答は淀《よど》みなかった。肩口《かたぐち》で切りそろえられた黒髪《くろかみ》がさらりと揺《ゆ》れる。家系図や資料を差し出す手際《てぎわ》にも迷いがない。

　クタール侯爵家――侯爵であるロドルフォ＝クタールと、その妻フェデーリカ＝クタールによって治められている豊かな土地だ。領土の西側が海に面しており、諸外国との交易が盛《さか》んな港をいくつも有している。

領地が隣接《りんせつ》していて、家格が上で、経済規模も上で、兵力は比べるまでもない。ダルマス伯爵家としても、一角商会としても、可能な限りご機嫌《きげん》を損《そこ》ねたくない相手だ。

子どものわがままで行きたくないと駄々《だだ》をこねても通るとはあまり思えない。

それに、オディールの癇癪に日々偉《えら》そうにお説教を垂れている身では「お茶会に何となく行きたくない」なんてじたばたすることもできないのだ。

窓の外の中庭は、冬支度《ふゆじたく》の薔薇が寂《さび》しげに枝をさらしている。

暖炉《だんろ》の薪《まき》が小さくはぜる音を聞きながら、ここでない場所の記憶《きおく》をゆっくりとたどる。

クタール侯爵家には『楽園の乙女』における二人の攻略《こうりゃく》対象がいる。

兄ユーグ＝クタールと弟リュファス＝クタールだ。この二人は異母兄弟で、兄であるユーグが正妻の息子《むすこ》、弟リュファスが愛人の息子だ。

現当主であるクタール侯爵は生まれついて強い魔力を有しており、国王からは領地の経営ではなく軍に属する魔術院での活躍《かつやく》を期待されていたほどだという。

しかし、何故《なぜ》かその才能は跡継《あとつ》ぎであるユーグに引《ひ》き継《つ》がれなかった。

クタールは古くから魔術での国防を担《にな》う家柄《いえがら》で、魔力の強さを当主に求める声が強く、魔力がほぼないユーグは子どもの頃から鬱屈《うっくつ》した思いを抱《かか》えていた。

今から二年前、当時十二歳だったリュファスが侯爵家へ引き取られる。子どもながらに高い魔力を示すリュファスに、一族の中にはリュファスこそ次期当主にと推《お》す声が上がる。

一族はリュファスの庶子《しょし》という血統の不確かさを補うため、古い血と魔力を持つ隣領《りんりょう》のダルマス伯爵令嬢を婚約者にごり押しし、身内による骨肉の争いは泥沼《どろぬま》の様相を呈《てい》していた。

兄は嫉妬《しっと》から弟をいじめぬき、弟は心に傷を負い続けて成長する。

そんな二人の心の闇《やみ》をソフィアは癒《い》やし、本当の幸福を知ったクタール侯爵令息はようやく笑顔《えがお》を取り戻すのだ——というストーリーだった。

ゲームだとさらっと設定として説明されるだけ、さらに言うなら、二人の心の闇は完成しきっており、いってみれば過去形だったのでさほど気にしないでいられたが、現実は現在進行形で各種イベントが発生中と思われる。修羅場《しゅらば》のど真ん中へ向かうと思うとぞっとする。

いたいけな子どもが闇落ちする現場とか、できるなら本当に見たくない。

ちなみにこのルートにおけるオディールの妨害《ぼうがい》は『ダルマス伯爵令嬢の婚約者に色目を使うなんてムカツク、どうせあの姉は何も言えないんだから私が〆なくちゃ』という謎《なぞ》の使命感と、『私が嫌《きら》いな女が隣領に嫁入《よめい》りしてしかも侯爵夫人とかありえない』という通りすがりのヤンキーがメンチを切るような当たり屋的発想がベースになっていた。

何故全方位に棍棒《こんぼう》を振りかざそうとするのか。

懸念《けねん》材料はもう一つある。リュファスは子どもの頃に一度魔力の暴走を引き起こしており、それが原因で彼は周囲に人を近づけない、孤独《こどく》な存在として描《えが》かれていた。ジゼルはその時のことを『とても恐《おそ》ろしかった……私、死ぬかと思いましたもの。あの時のリュファス様は人とは思えませんでした』と顔を真っ青にしてか弱く語っていた。

そんな男の婚約者を続けていたあたり、一周回ってジゼルって肝《きも》が据《す》わってるんじゃなかろうかと思えてくる。

つまり、クタール侯爵家において私が気をつけるべきは。

クタール家にいるであろう傍系《ぼうけい》の魔術師達に、私の魔力の程度を知られないようにすること。そして、リュファスの魔力の暴走とやらに巻き込まれないようにすることの二つだ。

存在を確かめるように、薔薇の花を模したペンダントに触《ふ》れる。

家庭教師に依頼《いらい》していた防護の魔道具が、ちょうど納品されたのだ。薔薇の花びらは繊《せん》細《さい》な細工で、伯爵家の令嬢が持つにふさわしい輝《かがや》きだが、花弁の一枚ずつに防護の術を施《ほどこ》してある。

間に合って良かった。クタール家に足を運ぶ際は肌身離《はだみはな》さず身につけるつもりだ。

「ジゼルお嬢様！　オディールお嬢様を見つけましたよ！」

弾《はず》んだ声で部屋に駆《か》け込《こ》んでくるメアリに笑いかける。

「ありがとう、メアリ。アン、お茶を用意してくれるかしら。メアリ、先生を呼んできて頂戴《ちょうだい》。今日は私の部屋で地理のお勉強をしようと思うの。観光名所になっているような、有名な建物とかあったかしら」

「かしこまりました。それでしたら、領内で一番大きい水門である『蜥蜴《とかげ》の大門《だいもん》』あたりがいいかもしれません。メアリ、水門の資料を集めておきましょう」

「はい！　かしこまりました！　蜥蜴の大門は絵もとってもかっこいいですから、オディールお嬢様もきっと楽しくお勉強できますよ！」

アンが表情一つ変えずに頷《うなず》いて下がる。メアリが大きく頷いて三つ編みがぴょんと跳《は》ねる。廊下《ろうか》から「離《はな》しなさい！　無礼者！　あなたの一族ろうとう地底の国に落としてやるんだから！」という物騒《ぶっそう》な叫《さけ》び声《ごえ》が聞こえる。

語彙《ごい》が完全に悪役令嬢だ。どこの教材で学んでくるんだろう。あの子が高笑いを履修《りしゅう》する前になんとかしなくては。

机の上にうずたかく積まれた教材の向こう、真っ赤な髪《かみ》がふわふわとウサギの毛のように揺れて見えた。

私の心労を余所《よそ》に、月日は正しく刻限を刻み、とうとうクタール侯爵家のお茶会当日になってしまった。新しいドレスと、大切な薔薇のペンダントを身につけて馬車に乗り込む。

今回は叔父であるパージュ子爵も同行している。

やがて馬車を迎える白亜《はくあ》の城に、私だけでなくオディールも若干緊張《じゃっかんきんちょう》した顔になる。

オリエンタル趣味《しゅみ》とでもいえばいいのか、梅らしき木や東洋風の草花が冬枯《ふゆが》れの庭に花を添《そ》えている。歴史ある家名に恥《は》じないその邸宅《ていたく》の偉容《いよう》は、歴史相応に荘厳《そうごん》かつ重厚《じゅうこう》なたたずまいで訪問者を圧倒《あっとう》してくる。

要するに古くて怖《こわ》い。

手入れが行き届いていることはわかるけれど、夜中に幽霊《ゆうれい》が出てきそうな雰囲気《ふんいき》だ。

なるほど、確定の死亡フラグを建設するのにぴったりのお城だった。

気弱で病弱でか弱いジゼル嬢は、こんな色が白いだけの悪魔《あくま》城みたいな家にいったいどうしていずれ嫁《とつ》ごうと思えたんだろう。

もしかして死期が早まったの、ストレスが原因じゃなかろうか。

本当に、何が何でもこの死亡フラグはへし折っておかなくては。

「クタール領内にあるうちの商会に顔を出さないといけなくてね。ご挨拶《あいさつ》だけ済ませたら私は席を外すけど、心細くなったらいつだって私を呼ぶんだよ？　いいね？」

暑苦しいハグと頬《ほお》にキスをして、叔父は行ってしまう。

残された私とオディールの目が合って、オディールはふんと鼻を鳴らして顔をそらした。

そういえば今回のミッションは二つだけだと思ったけれど、もう一つあった。我が家の悪役令嬢が、もしかして野生児なんじゃなかろうかという疑惑《ぎわく》を余所様に見せないようにすることだ。それは死亡フラグでも没落《ぼつらく》フラグでもないかもしれないけれど。

私の中に生きる恥《はじ》の文化が悲鳴を上げるのです。

常春のクタール城

ダルマス伯爵令嬢姉妹《はくしゃくれいじょうしまい》を迎《むか》えたのは、壁《かべ》一面に飾《かざ》られた花々と、窓越《ご》しに見える季節外れの春の庭、そしてメイドをたくさん引きつれた金髪《きんぱつ》の夫人だった。

「ようこそ、ダルマス伯爵令嬢。フェデーリカ＝クタールですわ。本日は足を運んでくださってありがとう。どうぞゆっくりしてらして」

冬用のドレスとは思えない、デコルテを大きく出したデザインのドレスが目を引く。さらに親指の第一関節程もありそうなアクアマリンがぐるりと首一周分連ねられており、どの角度からもキラキラと輝《かがや》いていた。

魔術《まじゅつ》によって城内で常春《とこはる》の気候を再現しているからこそできる服装だ。魔力《まりょく》と財力を誇示《こじ》する、この国の上位貴族らしい装《よそお》いだった。

「はじめまして、ジゼル＝ダルマスです。本日はお招きいただきありがとうございます、クタール侯爵《こうしゃく》夫人」

「お招きありがとうございます、オディール＝ダルマスです。お目にかかれて光栄です」

オディールが淑女《しゅくじょ》らしく礼をとって、にっこりと笑う。

マナーの講義は散々だったけれど、こういう舞台度胸《ぶたい》のようなものはあるらしい。

メアリ曰《いわ》く、ここ数日必死で詰《つ》め込《こ》んでいたそうだ。試験前に徹夜《てつや》するタイプだったらしい。

私の中のオディール嬢《じょう》の評価が執念深《しゅうねんぶか》く苛烈《かれつ》な悪役令嬢《あくやくれいじょう》から迂闊《うかつ》で残念な悪役令嬢に書き換《か》わっているのがつらい。

せめてスタート地点くらいスタンダードな悪役令嬢でいてほしかった。

性格の他に矯正《きょうせい》するところがありすぎる。

「本来なら主人がご挨拶《あいさつ》を差し上げるところなのだけど、領地の仕事で外に出ているのよ。ごめんなさいね。ロドルフォも、あなた達に会えるのを楽しみにしていたのに」

うふふ、と少女のように笑って、クタール侯爵夫人は私とオディールを交互《こうご》に見つめた。

「私達、はじめまして、ではないのよ。あなた達がまだ赤《あか》ん坊《ぼう》の頃《ころ》、会いに行ったの。覚えていないでしょうけれど。おちびさん達、大きくなって……ああ、それにしたって」

クタール侯爵夫人の水色の瞳《ひとみ》がじっとこちらに注がれる。

「ジゼル、それにオディールと呼んでもよくて？　どうかそう呼ばせてほしいの。本当に、噂《うわさ》には聞いていたけれどあの子に生き写し。小さなイリスがそこにいるよう」

うっとりと夢見るように微笑《ほほえ》みながら、クタール侯爵夫人は私の頬《ほお》に手を伸《の》ばした。さかさくれ一つない、白魚のような手はひやりと冷たい。

「……あ、の」

身分に差があるとはいえ許しなく相手に触《ふ》れるのはよほど親しい相手でない限り失礼だ。びっくりして目を丸くしていると、クタール侯爵夫人の袖《そで》を引く手があった。

「母上。ダルマス伯爵令嬢が驚《おどろ》いていますよ」

上品な微笑み、日の光が似合う明るい金髪、それから、クタール侯爵夫人と同じ水色の瞳。襟《えり》の端《はし》からつま先まで、貴族令息らしく上等な絹と革《かわ》と装飾品《そうしょくひん》で覆《おお》われている。

少し生意気な印象を受けるのは眉《まゆ》がきつそうに見えるからだろうか。間違《まちが》いようもなく知っている顔に、笑顔《えがお》が引きつりそうになる。

「はじめまして、僕はユーグ＝クタールです。ようこそ、ダルマズ伯爵令嬢」

この家の闇《やみ》の片割れだ。

私が何も知らない十四歳の少女だったら、彼に恋《こい》をしてしまったかもしれない。

実際、オディールはこの育ちの良さそうな少年がいたくお気に召《め》したらしい。真っ赤になってちょっともじもじしている。

少女らしい反応に、ちょっと微笑ましさを感じてしまう。

そういえば、オディール嬢はいろんな攻略《こうりゃく》対象のライバルキャラクターとして登場するだけあって、惚《ほ》れっぽい性格でもあった気がする。

それなら、逆に考えてみたらどうだろう。

ソフィアと恋に落ちるキャラクターの前にオディールが現れるのではなく、オディールがまとわりついている相手の前にソフィアが現れると考えるのだ。

オディールが好意を持っているキャラクターが今後登場するソフィアの攻略対象となる、と考えれば、私の死因をかなり絞《しぼ》り込《こ》むことができる。

例えば、この美少年に微笑みかけられて真っ赤になっているオディールがこのまま成長した場合、ソフィアはユーグルートに入ったことになる、と判断できるのではないだろうか。

ユーグルートでジゼルはどうやって死んだんだったか、そこまで思い出そうとして、目の前の美少年がちょっと困ったような顔をしていることに気がついた。

「申し訳ありません、私ったら。ジゼル＝ダルマスと申します、はじめまして。こちらは妹のオディールです」

「は、はじめましてっ！」

元気すぎるオディールの挨拶に場がほっこりしたところで、お茶の席に通される。

一応詰め込んできただけあってオディールの所作に問題はないが、時折チラチラとこちらを確認《かくにん》しているあたり不安が残るのだろう。

「驚かせてしまってごめんなさいね。ジゼルがあまりにもイリスと似ているものだから。うふふ、オディールはお父様似なのね。テオドール様と同じ、燃えるような髪《かみ》の色」

「はい！　お父様のお家《うち》の人は皆《みな》同じ色なんですって。赤い髪に青い目。皆その色だから、私のように紫色《むらさきいろ》の目は珍《めずら》しいって叔父《おじ》様が」

ニコニコと話しかけられて、オディールもはきはきと答える。

これはもしかして悪役令嬢特有の、立場が上の人には外面がひたすらいいとかいうスキルだろうか。それともちょっと背伸《せの》びしたい子どもの一生懸命《いっしょうけんめい》さなんだろうか。

「ええ、そうね。本当に懐《なつ》かしいこと。イリスの菫色《すみれいろ》の瞳だわ」

「僕もお噂はかねがね。母上ときたら、お茶会の準備を始めてからこちら、『淡雪《あわゆき》の君《きみ》』の話ばっかりなんですよ。微笑み一つで牛の目玉のような真珠《しんじゅ》を捧《ささ》げさせたとか、憂《うれ》い顔一つで南国の孔雀《くじゃく》の羽をそろえさせたとか」

「お母様が、そんなことを？」

オディールが目を輝かせる。やはり母親が恋しいのだろうか。

そういえば、館ではあまり母の話をしてくれる人がいないことに思い至った。

というか、今、ユーグが淡雪の君をディスった気がするのだけど、気のせいだろうか。伯爵令嬢イリスの美貌《びぼう》をうたうエピソードなのだろうけれど、なんだか金品を巻き上げたような言い方をされているような……。

目が合うとユーグはにっこりと笑う。

普段《ふだん》オディールとばかり接しているせいか、あけすけな子どもの感情に慣れすぎてどうにも違和感《いわかん》がある。貴族らしいと言うべきなのか、タヌキの化かし合いと呼ぶべきなのか。

腹を探《さぐ》られるのは不愉快《ふゆかい》で、断じて気分の良い物ではない。

「ジゼル伯爵令嬢にそっくりだったなら、淡雪の君はさぞお美しかったのでしょうね」

「まぁ……」

頬を染めて恥《は》じらってみせれば、年相応の令嬢に見えるだろうか。隣《となり》の席で面白《おもしろ》くなさそうにオディールが足を揺《ゆ》らす。

ドレスの裾《すそ》がめくれたのでメアリに視線を送って裾を整えさせた。

こんな年で腹芸真っ黒な貴族の仲間入りはしてほしくないが、せめて令嬢の体裁《ていさい》は整えてほしい。複雑な姉心である。子どもと腹の探り合いなんて不健全なことをするより、オディールも興味を持っている母親の話を振《ふ》ることにする。

「クタール侯爵夫人は、母と親しかったと伺《うかが》っております」

「ええ。年は少し離《はな》れていましたけれど、私がこちらへ嫁《とつ》ぐ前からの友人でしたわ。私の愛するイリス。淡雪の君。その気になれば王家にだって手が届いたのに、あの子ったら……まぁ、結局テオドール様の情熱には勝てなかったのよね。あの頃の社交界に、あんなに美しくて、素晴《すば》らしい才能を秘めた子は他にいなかったわ」

才能。

才能と言った。それが、この世界、この国において魔力のことを示すのは明白だ。

隣にユーグがいるので魔力という発言を避《さ》けたのだろう。

その才能がないがために、目の前のユーグは性格がねじ曲がっていくのだから。

というか、今のクタール侯爵夫人の言葉を聞いてユーグの笑顔が一ミリも動かなかった時点ですでに手遅《ておく》れでは。嫌《いや》な汗《あせ》が背中に流れる。

手遅れといえば、この席には本来出席すべき人が一人足りない。

リュファス＝クタールがいないのだ。

そもそも、椅子《いす》が一つ足りていない。椅子だけではなく、カトラリーからナプキンに至るまで、完璧《かんぺき》に等間隔《とうかんかく》に用意されたテーブルには、リュファスの席が最初から用意されていない。

隣接《りんせつ》する領土の友人として、今後親しく付き合うべき次世代の子ども達の顔合わせの席であるはずなのに。

すでにリュファスは侯爵家に引き取られている。

お茶会の前に相手の家の情報を一通り頭に入れておくのは招待客のマナーだ。運命と邂《かい》逅《こう》する覚悟《かくご》を決めてきたのに、当の本人がいなかった。

庶子《しょし》であるリュファスをいとい、今このお茶会から排除《はいじょ》したとしても、夜になれば晩餐《ばんさん》がある。そこにはリュファスも同席するはずだ。末子の存在をなかったことにはできない。

むしろ、お茶会に出席しなかったことがいっそう不自然になる。

そもそも、侯爵夫人はただの一度として、リュファスがいないことに触れていないのだ。侯爵家の子息が欠席していることについて、真っ先に説明すべきなのに。

オディールはマナーの一夜漬《いちやづ》けに必死でそんな余裕《よゆう》がなかったので今回は集めた資料を見せなかったが、逆に正解だったろう。子どもの無邪気《むじゃき》な問いが空気をフリーズドライする場面を見ないで済んだのだから。

温かな紅茶を口にしているはずなのに、どんどん体の中心が冷えていく。

「それで、ジゼル、オディール」

クタール侯爵夫人はにっこりと笑った。泉のように清廉《せいれん》な色をした瞳は、ちっとも笑ってなんかいないし、水底に澱《おり》のような物が淀《よど》んで見える気がした。

「二人はどんな属性の魔術を使えるのかしら」

背後から死神に抱《だ》きつかれたような怖気《おぞけ》に、私の死にたくないセンサーが赤ランプ全点灯する。

ドレスで隠《かく》れている場所すべてに鳥肌《とりはだ》が立ったのではないだろうか。体温が下がりすぎて震《ふる》えが止まらないのでカップを落として割らないように極力優雅《ゆうが》にソーサーに戻《もど》す。

見誤った。間違えた。

クタール侯爵夫人は魔力に執着《しゅうちゃく》がないと思っていた。

魔力の高さを貴族の必須《ひっす》条件とするならば、ユーグがクタール侯爵家の跡継《あとつ》ぎに指名されることはない。むしろ魔力を否定しているのだと思っていた。

この家で魔力を求めているのはリュファスを侯爵家の後継《こうけい》に望む傍系《ぼうけい》の魔術師達だけ、だからこそジゼルはリュファスの婚約者《こんやくしゃ》だったのだと。

きっとユーグにはもっと別の道、中央の権力に近い家の子女との婚姻《こんいん》を望んでいると勝手に結論づけていた。

しかし、クタール侯爵夫人が求めているのは『強い魔力がある女の腹』だ。

仮に亡《な》き母イリスのような、王族に手が届くほどの魔力を持つ女性が妻になれば、ユーグ自身の魔力が低くともその子どもはきっと強い魔力を持つだろう。

少なくとも、リュファスを跡継ぎにと望む頭の古い面々をそう説得するつもりでいる。

友人の娘《むすめ》なんて温かい物ではない、完全にこちらを『それ』としてしか認識《にんしき》していない。

息子《むすこ》のためなら沼《ぬま》の底からだって這《は》い出《だ》してきそうな母親を前にして、いったいどんな経緯《けいい》でジゼルはユーグの婚約者の座を蹴《け》ってリュファスの婚約者に落ち着いたのだろう。

きっとダルマスの古い血、その魔力のことを素直《すなお》に話しただろうに。あのゲームの中のジゼルはクタール侯爵夫人に呪《のろ》われていたと断言できる。

「私は木ですわ！　薔薇《ばら》の花をそれは綺麗《きれい》に咲《さ》かせることができますのよ。今度の薔薇の季節には、是非《ぜひ》クタール侯爵夫人にも我が家の庭を見ていただきたいです！」

私が走馬燈《そうまとう》のように現状のまずさを噛《か》みしめている横で、オディールが答える。この家の事情を知らないから元気にはきはき答えられるのか、それとも心臓に毛が生えているのか。でもおかげで、ほんの少しだけ肩《かた》の力が抜《ぬ》けた。

オディールの回答は木の魔力の程度としては特筆するほどの物ではない。

いわゆる強力な木の魔術師は、真冬でも庭中の花を満開の状態に保てるのだ。今、このクタール侯爵家の庭が季節外れの春の花で満たされているように。

「そういえばテオドール様も木の魔力をお持ちだったわ。そう、オディールは属性もお父様譲《ゆず》りなのね」

微笑み合うクタール侯爵夫人と、笑顔でご機嫌《きげん》なオディールの姿は端から見れば母子のようで微笑ましい。

言外に平民上がりの父親同等と言われている気がするがおそらく気のせいではない。平民だった父テオドールの魔力など微々《びび》たるものだ。あてがはずれたというところだろうか。

すでに和気藹々《あいあい》からは遠く隔《へだ》たれたお茶の席で、作られた陽気ばかりが空々しく肌《はだ》を撫《な》でていく。視線で促《うなが》され、重い口を開く。

「私は……私の属性は、水です」

「まぁ、属性までイリスと同じだなんて！」

「ええ、でも」

目を輝かせたクタール侯爵夫人に苦笑《くしょう》してみせる。

「コップ一杯《いっぱい》ほどの水を凍《こお》らせるのがやっとで。魔力の強さは、母に似なかったみたいです」

一瞬《いっしゅん》、クタール侯爵夫人とユーグの動きが止まった気がした。嘘《うそ》をついている気まずさと緊張《きんちょう》のせいで幻覚《げんかく》が見えたのかもしれない。

クタール侯爵夫人はにっこりと笑って、少女のように小首をかしげた。

「……まぁ、そうなの。でも、これから伸びる可能性もあるわ。才能ですもの」

「ありがとうございます。ダルマス家の名に恥じぬよう、努力するつもりでいます」

上《うわ》っ面《つら》の会話が滑《すべ》っていく。リュファス派に知られる前にダルマス伯爵令嬢の魔力の程度を確認しておきたかった、それだけのステージだったのだろう。

あとはとりとめもない庭の話や天気の話に終始した。

天気といえば、ありがたいことに雪が降りそうな空模様になってきた。

もう飲み込めないお茶は十分にいただいた。

あとは失礼のないように帰宅するべく意を決して私が顔を上げるのと、そういえば、とクタール侯爵夫人がカップを置くのは同時だった。

「やっぱりお嬢さん達がいると場が華やいでいいわね。そうだわ、よかったらしばらくうちに泊まっていらっしゃいな。イリスの話もしたいし、ここを家と思ってゆっくり過ごして頂戴《ちょうだい》」

「あの、ありがたいお申し出ですが、叔父に」

「よろしいんですの？　嬉しい！」

食い気味にオディールが身を乗り出した。

オディールのキラキラした瞳と、クタール家の母子の張り付いたような笑《え》みを三回往復して、かろうじて笑顔を作る。

今更《いまさら》私だけが体調不良を訴《うった》えても、オディールを一人残していくという最悪の選択肢《せんたくし》を提示されるだけだろう。

「……お言葉に、甘えさせていただきます」

しばらくとは一体いつまでだろう。まだ始まったばかりの試練を煽《あお》るように、風がいつまでも部屋の窓をノックし続けていた。


慣れない長旅に初対面の人々、いつもは元気いっぱいなオディールにも流石《さすが》に疲《つか》れの色が見えていた。

私もとても疲れている。結局晩餐《ばんさん》の席にはリュファスもクタール侯爵も顔を出さず、叔父が戻《もど》ることもなく、クタール侯爵夫人とユーグは変わらず笑顔《えがお》だった。

空席は二つ、位置的に侯爵と叔父のための席だったのだろう。つまり、やはり最初から最後までクタール侯爵夫人はリュファスを私達に引き合わせるつもりがないのだ。

椅子《いす》の数を数えながら食べる豪華《ごうか》な晩餐は一切《いっさい》味がしなかった。

正直うまく笑えたか自信がない。

姉妹それぞれに与《あた》えられた部屋に入る前に、おやすみの挨拶《あいさつ》を妹にしておくことにする。

「おやすみなさい、オディール。今日はお疲れ様」

「ええ、おやすみなさいお姉様。お姉様こそお体がとっても弱いのですからお疲れでしょう。ふふん。主神エールへの信心が足りないのではないかしら。なんなら私が祈《いの》って差し上げましょうか」

私は全然平気ですけれど！　と勝ち気な瞳《ひとみ》が訴《うった》えてくる。ちょっと眠《ねむ》そうだけれど、その元気さが少なからず今は救いでもあった。疲れている姉をこき下ろしているつもりなのかしら、なんてひどい悪役令嬢でしょう。というわけで。

「次は一人でご招待されても大丈夫《だいじょうぶ》なように、マナーのお勉強を頑張《がんば》りましょうね」

「っ!!」

釘《くぎ》を刺《さ》しておいた。元々色が白いので、顔に血が上ると真っ赤になる。こうやって感情を抑《おさ》える術《すべ》を知らないところもまた、ヒロインを虐《しいた》げて逆上していたオディールとかぶる。

本当なら、こういった部分も直していくべきなのだろう。

貴族として生きるなら、今日のお茶会程度の腹の探《さぐ》り合《あ》い、楽々とこなしていかなくては。ユーグのように。

それはまた、いずれ。いずれでいい。思い出すだけで胃袋《いぶくろ》の中が冷たくなるようなやりとりはすでにお腹《なか》いっぱいだ。

さて、赤い顔のまま言い返しもせずにオディールは身を翻《ひるがえ》し、その後ろを慌《あわ》ててメアリが追いかける。もしかして晩餐の間中こちらをちらちら見ていたことを気づかれていないとでも思っていたのか。いたのだろう。

ドアが閉まった瞬間《しゅんかん》、中から「どうして教本を持ってきてないの！　この役立たず！今すぐ館から先生を呼んで来て！」という叫《さけ》びが聞こえた。メアリが元気に謝っているが、流石に余所《よそ》様の備品を投げたり、メアリに直接手を上げたりしている様子はない。

罵声《ばせい》の内容もなんだか前向きなので、気にしないことにした。

クタール侯爵家のメイドが目を丸くしていたので、何か聞こえまして？　と笑顔だけ残して案内された部屋に入る。

すでに滞在《たいざい》に向けて整えられた部屋にこみ上げる胃液の苦みを飲み込んで、ぞろぞろと下がっていくクタール家のメイド達を見送った。

部屋の片隅《かたすみ》に一角商会の箱が積まれている。滞在が延びることを知らされた叔父が、必要な物を商会に送らせたのだろう。着替《きが》えが足りないから帰らせてくださいという言い訳も使えそうにない。

椅子に深く腰《こし》掛《か》けると、アンがすぐに香りの良いお茶を用意してくれる。御礼《おれい》を言っても、アンはにこりともせず静かに烏羽色《からすばいろ》の髪《かみ》を揺《ゆ》らして一礼するだけだ。

揺れる燭台《しょくだい》の明かりを眺《なが》めながら、鳥肌《とりはだ》が立ちそうなお茶会の光景を思い出す。

改めて、見込みが甘かったとしか言いようがない。

後継者《こうけいしゃ》問題でユーグとリュファスがぶつかる機会は二回ある。

一回目は嫡子《ちゃくし》の決定。これは当主による指名か、当主死亡で自動的に長子に決定する。

二回目は、爵位《しゃくい》の継承《けいしょう》。高位貴族の爵位継承は侯爵以上の貴族で構成された貴族院の承認《しょうにん》が必要だ。通常は問題なく承認されるが、クタール侯爵家の当主が魔術を使えないとなれば、難癖《なんくせ》をつけてくる貴族がいるだろう。身内の魔術師達がそろって味方してくれるならともかく、誰一人《だれひとり》としてユーグを支持しないとなればなおさらだ。

ユーグがこの問題を解決するためには、婚姻《こんいん》相手がとても重要になる。

まずは、高位貴族や王家の姫君《ひめぎみ》と婚姻して、権力と根回しで貴族院を黙《だま》らせる方法。

ただし、貴族院の重鎮《じゅうちん》とされる古い家柄《いえがら》の貴族達の多くは魔力を重視するため、魔力のないユーグに娘を嫁がせることに難色を示《とつ》すだろう。

貴族院には魔力の有無《うむ》を気にしない新興貴族も複数名在籍《ざいせき》しているけれど、先祖の遺産ではなく自ら名を成した彼らに婚姻を申し込むなら、相応の対価が必要だ。

いずれにせよ、何か弱みでも握《にぎ》って脅迫《きょうはく》するか、交換《こうかん》条件を出すにしてもかなり強いカードを提示する必要がある。

そして、魔力の強い妻を迎え、魔力の強い子息をもうけて一族を納得《なっとく》させる方法。

ただし、魔力の強い子どもが産まれるかどうかは、完全に博打《ばくち》だ。

対するリュファスはといえば、魔術院《まじゅついん》で活躍《かつやく》しさえすればすぐにでも英雄《えいゆう》になれる才能がある。聖者にも届く天才魔術師が、古く青い血のダルマス伯爵家の令嬢を妻に迎え、その上才能あふれる子どもまで誕生したならば。

生まれを差し引いてもリュファスを当主にすべきだと貴族院の多くが判断するだろう。

ユーグの子どもに魔力が受《う》け継《つ》がれるかが博打である以上、侯爵夫人は魔力に拠《よ》らない方法でユーグを嫡子にしようとしていると思っていた。

その場合、私は自分に強い魔力があることをアピールするつもりでいたのだ。

貴族院に影響力《えいきょうりょく》を持てるような立場ではなく、リュファス派に取り込まれる可能性がある以上、私は邪魔者《じゃまもの》でしかないですよ、と。

侯爵夫人とユーグに妨害《ぼうがい》してもらうことで私はリュファスと婚約せず、リュファスを跡《あと》取《と》りに推《お》すクタール侯爵家の身内が増長することはなく、その間にユーグはどこか有力な後《うし》ろ盾《だて》のある貴族から妻《めと》を娶り、政治力とか権力とか利権とか賄賂《わいろ》の力とかで跡取り問題が解決することによって兄弟の軋轢《あつれき》もなくなってみんなハッピー、というお花畑を描《えが》いていたのだ。あえなく全焼《ぜんしょう》した。

そもそも、この城には傍系の魔術師達の気配すらないのだ。全力で警戒《けいかい》していたのが馬鹿らしくて、ソファにごろりと寝《ね》そべる。

クッションには薔薇と一角獣《いっかくじゅう》が刺繍《ししゅう》してあった。愛と純潔を意味する図案は、嫁入《よめい》り道具に好んで刺繍される物だ。皮肉が過ぎてうんざりする。

貴族の世界で愛人がいることなんて珍《めずら》しいことではない。

珍しくないからといって、法で裁かれないからといって、夫を寝取《ねと》られ、一人息子《むすこ》の跡《あと》継《つ》ぎの座まで脅《おびや》かされているクタール侯爵夫人の心が軽くなるわけがなく。

魔力のない子どもを産んだことで夫人の立場がよろしくないことは明白だ。心ない言葉をかけられたことも想像に難《かた》くない。

クタール侯爵夫人は、何がなんでも魔力のある後継を手に入れて、傍系の魔術師達を従わせたいという気持ちがあるのだろうか。

わからなくはないが、その『手段』には断じてなりたくない。仮にユーグとの婚姻が成立したとして、賭《か》けに負けた場合——産まれた子どもに魔力がなかったなら、どんな扱《あつか》いを受けるか。未来予想図が灰色しかない、もはや家そのものが地雷原だ。

不意にアンが扉《とびら》に向かって歩を進めた。

メアリが泣きつきにきたのか、それともこんな時間にお客様だろうか。

果たして、扉を開けた先には大きな黒猫《くろねこ》が一匹《いっぴき》いた。

くわえた小さな封筒《ふうとう》を器用に足下《あしもと》に置くと、低くニャアと鳴く。

目を丸くしてそのファンシーな光景を見ていると、金色の目がはっきりこちらをとらえて、笑った気がする。

動揺《どうよう》した様子もなくアンが封筒を拾い上げる。

「招待状です、お嬢様《じょうさま》」

アンが封筒についた猫《ねこ》の毛をはらって、丁寧《ていねい》にこちらに差し出してくれる。

歯形がつくのはご愛敬《あいきょう》、といったところだろうか。

「……本当にお化け屋敷ね、ここは」

どうしてだろう。ヒロインに成り代わりたいとか世界平和とか一切願っていないのに、死亡フラグ一本折るための難易度が高すぎる気がする。


アンを伴《ともな》って他人の城を歩く。先導するのはさっきの黒猫で、人の気配は確かにあるのに誰ともすれ違《ちが》うことがない。

目くらましの魔術の類いなのか、それとも単純に誰かの命令だろうか。時々アンがついてきているか確認《かくにん》してしまう。何しろ、この城は広く、古く、暗いのだ。

招待状にはこうあった。

薔薇の下でお待ちしています　リュファス

「ジゼルお嬢様、どうかご無理はなさいませんよう」

「ありがとう、アン。あなたも疲れているのにごめんなさい、でも」

暗がりの向こうで黒猫が振《ふ》り返《かえ》る。金色の目が値踏《ねぶ》みするようにまっすぐ見上げてくる。

「どうしても一度、確かめておきたいの」

クタール侯爵夫人は、喉《のど》から手が出るほど魔力持ちの令嬢を欲《ほっ》していた。それなのに、強い魔力を持つはずのジゼルはユーグの婚約者《こんやくしゃ》にならなかった。

侯爵令息の婚約者を決められるような、強い影響力がある傍系の人間がクタール侯爵家にいるなら、リュファスがまるで存在しないような扱いを受けているはずがない。

では、誰がジゼルをリュファスの婚約者に定めたのか。

接触《せっしょく》すること自体が死亡フラグを立ててしまう可能性もある。一切を無視してしまうことも考えた。だが、知らないということが一番危険だと判断した。これは保険だ。

仮に、万が一。魔力がないととぼけることに失敗した時のためのプランB。

やがて黒猫は庭に出ると、蔦《つた》に囲まれた温室へと入っていく。

昼間に窓越《ご》しに見たのと同じく、季節は冬になろうというのに庭一面に春の花が咲《さ》き誇《ほこ》る光景は美しさより違和感《いわかん》が先に立つ。思わず首元を確認してしまう。私の命綱《いのちづな》、薔薇の形をした防護の魔道具《まどうぐ》が、指先に冷たく触《ふ》れてかすかな音を立てた。

アンが燭台を持って前に進み出る。アンの歩調はいつも通り一切乱れない。メトロノームのような一定の足音に、ほんの少しだけ安堵《あんど》して、手を引かれるまま扉をくぐった。

二人の足音だけが明かりのない温室に響《ひび》く。こつり、こつり、固い音が響くたび、ほんの少しだけアンの手に力がこもる。

季節外れの薔薇のアーチをくぐると、突然《とつぜん》温室に明かりが灯《とも》った。

『薔薇の下、秘密の温室へようこそ』

「！」

アンが私を守るように進み出る。さっきまで真っ暗だった温室にはオレンジの明かりが灯り、冬の寒さは一切感じられない。

声のする方へ目をやって、うっかり悲鳴を上げそうになった。つる薔薇のアーチの上に、大きな蛇《へび》がいたのだ。

『招待に応じてくれて嬉《うれ》しいよ、ダルマス伯爵令嬢』

「……！」

『ああ、名乗らなくてもわかるわ。アメジストの瞳、イリス様と同じ』

『髪の色までそっくりなのね。あの悪人面《あくにんづら》の血が入っていないんじゃなくて？』

『ちょっと。失礼よ』

先ほどの黒猫と同じ、使《つか》い魔《ま》の類いだろう。

言葉を失ってしまう。明るい温室の中には、雀《すずめ》、蛇、梟《ふくろう》、蜥蜴《とかげ》、様々な生き物がいた。彼らが身じろぎし、嘴《くちばし》や舌先をちらつかせるたびに、人の声がする。

そして温室の中央にある小さなテーブルに、少年が一人座っていた。

すこし癖《くせ》のある黒髪《くろかみ》に、ルビーのような赤い瞳。右目の下にほくろがある、人形のように美しい少年。

上着もなく、シャツにはレースや刺繍の一つも入っていないシンプルな装《よそお》いで、金色のペンダントが首に掛《か》かっている。

仕立ては良いが、貴族の令息というよりは商家の子どものようだ。

「……誰？」

ぽつり、少年が口を開いた。

『リュファス。あなたの名前でお招きしたのよ？　誰はないでしょう、誰は』

『ジゼル伯爵令嬢だ。お前に会うために足を運んでくださったのに』

「え、知らない。そんな予定だっけ？」

テーブルに乗った小鳥に窘《たしな》められながら、リュファスと呼ばれた少年は素っ気なく答える。リュファス＝クタール伯爵令息に間違《まちが》いないのだろう。その色彩《しきさい》には見覚えがあった。

運命の人と呼ぶべきだろうか。マイナスの意味で。

「はじめまして、リュファス様。ジゼル＝ダルマスです。お招きありがとうございます」

「ふぅん。あんたさ、貴族のお嬢様なんだろ？　俺が言うのもなんだけど、こんな怪《あや》しげな招待よく受けたな。黄昏時《たそがれどき》のお誘《さそ》いは人の姿をしてたって受けない方が良いっておふくろさんに教わらなかったの？」

「……母は、私が幼い頃《ころ》に亡《な》くなりましたので」

「！　そっか、ごめん」

気まずそうに目をそらしたリュファスに、首を横に振る。

この程度の事前情報も何も知らされていない、その事実がどうにも居心地《いごこち》が悪い。周囲の使い魔達は彼に何も教えていないのだろうか。

『リュファス』『ごめんなさいね、照れ屋なのよ』『まぁ子どもの言うことだ』

動物達は口々にそう言って、リュファスの向かいの席を空けてくれた。

座れ、ということだろう。

アンの視線を感じる。魔術の気配が濃《こ》すぎるこの空間から今すぐ退出すべきだと無表情から読み取れる。多分、彼女なりの険しい表情なのだと思われる。

見た目だけは某《ぼう》映画製作会社のプリンセスみたいなファンシー空間だが、その実、壁《かべ》や床《ゆか》の魔法陣《まほうじん》からは禍々《まがまが》しい空気が流れている。

その気になれば骨細のご令嬢一人くらいあっという間に消してしまえるのだろう。短絡《たんらく》的《てき》に脅迫される可能性を思いつくべきだった。

ここでも魔力ほとんどないんですアピールをしてから帰ろう、そう決めて腹をくくる。

一歩踏《ふ》み出《だ》すと、アンは私の意図を悟《さと》ってすぐに椅子を引いてくれる。

『申し訳ない、本来であればクタールの家の者に任せるべきなのですが』

『この通り手足もない身ですからね』

蛇が低く言えば、くすくすと雀が笑う。

「素敵《すてき》な温室ですね、オディールも連れてくれば良かったわ。あの子は薔薇の花が大好きなんです」

『ええ、是非《ぜひ》。ダルマス家の皆様《みなさま》なら歓迎《かんげい》しましてよ』

雀が思い切りふっくらと胸を膨《ふく》らませた。

視線が合うのは、遠くから見えているということだろう。声を聞き、声を届け、姿を送る。機能を一つ増やすたび、魔道具の値段は跳《は》ね上《あ》がる。胸元《むなもと》のペンダントにもう一度触れる。防護の結界を何重にも付与《ふよ》した結果、ペンダント一つで上等な宝石がいくつも買えるような値段になった。

この剝製《はくせい》達は遠隔《えんかく》操作までできるので、とてもお金と時間と魔力のかかった魔術生物ということになる。そんな物が何体も用意できるのは、よほどのお金持ちか、あるいは自ら魔道具を作れる人物。その正体は簡単に思い至る。

「歓迎、ということは……皆様はクタール侯爵家の方なのですか？」

『ええ、といっても今はこうして影《かげ》しか出入りすることを許されぬ身ですけれど』

クタール侯爵家に連なる、中央の魔術師達だ。

通常、爵位と領地は指名された嫡子に引き継がれ、跡継ぎ以外の兄弟達にはわずかな遺産が渡《わた》されて放り出される。

たいていは領地で何らかの仕事を任されるか、中央で官吏《かんり》として仕えることになる。

クタール侯爵家は魔術師の家系だ。近隣《きんりん》諸国と小競《こぜ》り合《あ》いの絶えないこの国では国王軍は大きな力を持っていて、中でも強い魔力を持つ人間は魔術院で重用される。

強い魔力を持つ者が軍の内部、そして王宮でも権力を得て、出身家の人間をコネで要職につかせ、さらに家の影響力を増す。魔力を求める貴族が多いのは、歴史や伝統を重んじるだけでなく甘い汁《しる》を吸ってきた結果でもある。

だからこそ魔力の低いユーグを次期当主として認められないのだ。魔力が引き継がれないということは家の勢力が削《そ》がれるということでもある。単純に後ろ盾のないリュファスに恩を売って、侯爵家を自由に操《あやつ》りたいという目論見《もくろみ》も透《す》けているけれど。

しかし、従者もメイドも使用人一人、リュファスにはついていない。

徹底《てってい》されている。

家を預かるのは女主人の仕事だ。有事に夫の代行として領地を治めることもあるくらいなので、城の人事くらいは掌握《しょうあく》していて当然だろう。ユーグを跡取りと認めない縁戚《えんせき》とそれに連なる使用人をことごとく排除したらしい。

リュファスを引き取った二年でできることではない。彼らとクタール侯爵夫人の対立関係が表面化してすでに長いのだと知れる。

ワゴンに載《の》せられたポットからアンが勝手にお茶を淹《い》れて、テーブルに置いてくれる。

花の香りの湯気越しに、リュファスの赤い瞳が宝石のように光って見えた。

香りはとても良いお茶だ。色もとても綺麗《きれい》だ。

ただしそれは食用という意味ではない。芳香剤《ほうこうざい》のような花の香りがむせるようで、水の色は着色料を溶《と》かしたような鮮《あざ》やかすぎるピンク色。正直飲む気になれないが、それはリュファスも同じらしく、眉間《みけん》にしわを寄せていた。

「またこのお茶？　俺苦手なんだけど」

貴族らしからぬまっすぐな物言いで、リュファスはカップを遠ざける。黙ってお茶を淹れていたアンが一瞬《いっしゅん》眉《まゆ》を動かしたけれど、一応茶席の主人というべきリュファスがこの態度なので、私もお茶を口にすることなくそっとテーブルに置いた。

『おや、お口に合いませんか』

「前も言ったじゃん。こんなの、よく貴族は飲むよな。あんたもこういうの好きなの？」

「ええと、私もあんまり……香りが強くて」

リュファスにつられてつい本音がこぼれてしまう。子どもらしい反応と言えば正解かもしれないが。

『……これは失礼いたしました』

『まぁ、好《す》き嫌《きら》いの分かれるお茶ではありますな』

ホウホウと梟が鳴く。そんなものを客に、それも子どもに出すなと思うが、そんなお茶くらいしかリュファスにはあてがわれていないのだろうか。深掘《ふかぼ》りすると闇《やみ》しか見えなさそうなので、リュファスに向かって曖昧《あいまい》に微笑《ほほえ》んだ。

「そういえば、晩餐ではお目にかかれませんでしたね、リュファス様。もしかして、お体の具合がよろしくないとか？」

白々しいとは思うが、一応は聞いておく。

リュファスは少し答えに困ったように黙って、「まぁ、そんなとこ」と苦笑《くしょう》した。

『病などではありませんよ。夫人の子どもっぽいやりようにも困ったものだ』

蛇が首を横に振った。

『この子の魔力がよほど怖《こわ》いのでしょう、こうして閉じ込めているのがその証拠《しょうこ》』

「閉じ込めて……？」

「部屋から出るなって言われてるだけだって。この古い城うろついたってろくな目に遭《あ》わないんだから。自衛だよ自衛」

「あの、リュファス様は」

自衛、その単語の不穏《ふおん》さに身を乗り出すと、リュファスは人なつっこい笑《え》みを浮《う》かべた。

「その様っていうのやめてくれよ。慣れないんだよな。俺もジゼルって呼んでいい？」

リュファスの声は明るい。細い脚《あし》を椅子に投げ出して、ぶらぶらと揺らす姿はとてもではないが侯爵令息には見えず、相応の教育係をつけているとは思えない。

相応の教育係をつけているはずなのに日々野生児化している身内の残像が脳裏《のうり》に浮かんだけれど、忘れることにする。

思いの外リュファスが病《や》んでいないことにほっとする。ゲームの中の孤高《ここう》な雰囲気《ふんいき》とは違う、平民の少年らしい素朴《そぼく》さにこちらも肩《かた》の力が抜けた。

「もちろんです、リュファス」

「良かった。貴族のお嬢様と話したことなんてないから、ちょっと緊張《きんちょう》してたんだ」

おどけながら、隣《となり》に座る小鳥に「このお茶の匂《にお》いなんとかならないの」と文句を言う。

お家騒動《いえそうどう》の渦中《かちゅう》にいるとは思えない朗《ほが》らかさに、胸が痛む。

「でも素直《すなお》に嬉しいや。ここしばらく蛇や鳥としか話してないからさ、ってこうやって口に出してみると頭おかしいやつみたいだよな」

「それは、」

存在を無視されている、こともなげにリュファスは言う。厳しい環境《かんきょう》だとか、冷遇《れいぐう》されただとか、言葉はいくらでもあるけれど、どれも軽いものではない。この家であとどれくらい彼の笑顔がもつだろう。

「前みたいに、城の中くらい自由に動けたらいいんだけどな」

「今は、出られないんですか？」

「んー、まぁ、隠《かく》し通路とか、この城多いから。こんな感じで外には出られるけどさ。侯爵夫人の騎士《きし》に見つかると問答無用で部屋に連れ戻されるんだよ。あいつらの鎧《よろい》堅《かた》いから、担《かつ》がれると痛いんだよなぁ」

「どうして、そんな」

『侯爵夫人のヒステリーですよ。半年前に、ユーグが食あたりを起こしましてね。それがリュファスのせいだとか、私達が毒を盛ったとか、まぁお粗末《そまつ》な話で』

果たしてそれはヒステリーだろうか。それとも、真実なんだろうか。

『犯人が見つかるまで、身内の魔術師は誰一人としてクタールの城には入れないなんて言うんですから。こうしてリュファスを案じて影を飛ばしてみれば、部屋に閉じ込められているではありませんか！　何の罪もない弟がこんな仕打ちを受けているのに、ユーグは声をかけることもないんですよ。ああ、可哀想《かわいそう》なリュファス！』

よく喋《しゃべ》る雀だ。答えるリュファスはうんざりと頬杖《ほおづえ》をついている。

「何もされてないし。別にいいよ。街の子どもの喧嘩《けんか》のが派手だって」

『一人でもこの子の味方になってくれる人がいてくれると良いと思って、ジゼル伯爵令嬢をお招きした次第《しだい》です。……孤独《こどく》に黙って耐《た》えるこの子が哀《あわ》れで』

それにしてもさっきから魔力の有無を聞かれないのが逆に怖い。もしかして私が知らないだけで、見ただけで魔力を測定できるような道具があるんだろうか。しかし、そんな物があればこの国の誘拐《ゆうかい》事件は倍増しているはずだ。

それとも彼らが望んでいるのはもっと別のこと、例えばクタール侯爵家から排除されてしまった自分達の部下をクタール侯爵家に手引きさせるだとか、あるいはクタール侯爵夫人の配下を一気に呪《のろ》い殺す魔道具を運べとかそんなことだったりするんだろうか。

退路を確認しようとさりげなく来た道を振り返ると、確かに、何かと、目が合った。

剝製の動物が他にもいるのかと思ったが、ランプの明かりにキラリと光る瞳は動物のそれよりずっと大きい。そう、まるで。まるで、小さな子どもくらいの。

薔薇の茂《しげ》みが、がさりと動く。

アンダー・ザ・ローズ。——文字通り、薔薇の下に。

燃えるような赤色をした、ふわふわの巻き毛。アメジストの瞳。つり上がった目元。

くさむらから　やせいの　あくやくれいじょうが　あらわれた
オディール、そう呼びかけようとして、喉から変な音が出る。完全に呼吸を止めてしまっていたらしい。

「どう、どうし、」

どうして、その一言が声にならない。ここにいる魔術師達の見せる幻《まぼろし》であってくれと脳が必死で拒絶《きょぜつ》している。

「ぉ、オディール」

声は裏返ったが、かろうじて名前を呼ぶことに成功する。たった一言を絞《しぼ》り出《だ》すのに二回の深呼吸が必要だった。動揺しすぎて舌を噛みそうだ。

「まさかあなた、立ち聞きしていたの……？」

ぎくりと、オディールの小さな肩が揺れた。

こぼれ落ちそうなアメジストの瞳をきょろきょろと動かして、オディールはいたずらがばれた子犬のようにぎゅっと全身に力を入れている。植え込みに隠れ、あまつさえ匍匐《ほふく》前進で茂みの下から這《は》い出《で》てくるという行為《こうい》が令嬢としてふさわしくない自覚はあるらしい。

しかし、もう一度私を見上げた瞳には勝ち気な光が戻っていた。

「お姉様が心配でこっそりあとをつけましたの！　立ち聞きだなんて、失礼じゃなくて？　勝手にお話が聞こえただけよ！」

えっへん、と胸を張る。

小さな生き物と私とアンとリュファスに見守られながら、オディールはドレスについた汚《よご》れを払《はら》い、ゆるやかな巻き毛に絡《から》まった薔薇の葉を慣れた様子で取り去った。

「メアリはどうしたの？」

「途中《とちゅう》でまきましたわ。他愛ないこと」

ふふん、顎《あご》を持ち上げて自慢《じまん》げにオディールは言う。

どこの世界に自ら姉を尾行《びこう》して、あまつさえ侍女《じじょ》をまく令嬢がいるのか。うすうす気がついていたけれど育てる方向を間違えたかもしれない。

この小さな悪役令嬢を剝製の動物達の視界に入れないよう慌てて立ち上がったが、オディールはぐいと私の腰《こし》を押して前に進み出た。ステージの中央でスポットライトを浴びる、女優のような自信に満ちた足取りだった。

「オディール＝ダルマスですわ、はじめましてリュファス様」

「……おう」

吃驚《びっくり》して固まってしまっていたらしい。ようやく頷《うなず》いたリュファスに、オディールは素《す》早《ばや》い動きで駆《か》け寄《よ》った。

一瞬周囲の使い魔達が反応した。あまりに予想外な動きに、オディールがリュファスに何かするのではないかと思われたらしい。壁の魔法陣が怪しく光る。

オディールは剝製達の視線など気にもせず、しっかりとリュファスの両手を握る。

「先ほどのお話、聞こえましたわ。なんて、なんてひどいお話なの⁉」

「は？」

リュファスがぽかんと目を丸くする。

剝製達の視線が説明を求めるように私に集中した。視線が刺さって痛いほどだ。

尾行に立ち聞きに汚れたドレス、あまつさえ異性に挨拶もそこそこにスキンシップを図《はか》る、本当にこれが伯爵令嬢か、そんな虚《うつ》ろな声が聞こえる気がする。

これでも再教育を精一杯《せいいっぱい》頑張ったのでそんな目で見ないでほしい。心が折れそう。

「ユーグ様ってばなんてひどい方なのかしら！　リュファス様がお可哀想よ！」

「え」

「私もお姉様にひどく扱われていますから、お気持ちはよくわかりますわ。生まれた順番が後だったというだけで、つらい思いを我慢《がまん》なさることはありませんのよ」

目に涙《なみだ》までにじませて、オディールはリュファスの手を離《はな》さない。

(面食いだわ。この子絶対面食いだわ。ユーグよりリュファスの方が好みなの？　じゃあ今回はリュファスルートを選択《せんたく》したと思っていいの？)

「……ジゼルお嬢様」

耳元でアンに名前を呼ばれて、飛びかけていた魂《たましい》が戻ってくる。勢いで立ち上がったけれど、言うべきことと言わなくてはならないことが多すぎて言葉が出ない。

いけない、まずい、オディールを止めなくては。

「オディール、」

「リュファス様っ！」

リュファスの人形のような顔をのぞき込んで、オディールは星を宿した瞳でにっこりと笑った。

「私が必ず、リュファス様を助けて差し上げますからね!!」

「う、うん?」

妹の暴走を止めるべく伸《の》ばした手は間に合わなかった。

周囲の動物達から『ほう』だとか『あら』だとか感嘆詞《かんたんし》が聞こえて、それぞれが温室の隅《すみ》でひそひそと話し合っている。

「……アン」

「……はい、お嬢様」

「夢よね」

「残念ながら」

ふらついた私をアンがしっかりと支えてくれる。季節外れの薔薇の隙間から、先ほどの黒猫がニャアと鳴いて現れた。その後ろに、栗色の三つ編みに木の葉をたくさんつけたメアリが見える。

こちらを見た瞬間、顔を情けなく涙で崩して一心に走ってくる。

「オディールお嬢様ぁ〜! ジゼルお嬢様も!! もう、もう二度と会えないかと……!」

べそべそと泣きながらアンに後ろから抱きつく。前から後ろから女性二人分の体重をかけられてもアンはびくともせず、表情一つ変えない。鋼の心臓が羨ましい。

迂闊《うかつ》だった。悪役令嬢たるもの、地雷原《じらいげん》でタップダンスを嗜《たしな》むくらいのことは余裕《よゆう》でこなす。そのつもりで対処すべきだった。

オディールが出てきた瞬間、抱《かか》えて逃走《とうそう》しなくてはいけなかったのだ。なんたる無残。

金の目の動物達が、言質《げんち》はとったとばかりに次々物言わぬ剝製に戻っていく。

案内役の黒猫が、目を細めてもう一度ニャアと鳴いた。

可及的かつ速やかに

悪役令嬢《あくやくれいじょう》の定義とはなんだろう。

まず、悪役とは何か。主人公に倒《たお》されるべき敵対者である。

自己の欲望を満たすために主人公の前に立ちはだかり、主人公がこれを勇気と知恵《ちえ》でもって打ち倒した時、喝采《かっさい》が上がるような存在でなくてはならない。

こと恋愛《れんあい》において、恋路《こいじ》を邪魔《じゃま》する者はすべからく敵対者だけれど、その中でもとびきり自己中心的で、自己愛が強く、思い込みが激しく、自らが信じる正義を遂行《すいこう》するためならば他者を傷つけることをいとわない、マイナスの行動力がある悪役。これに令嬢の身分を追加することで乙女《おとめ》ゲームにおける悪役令嬢と仮定する。

その正義が、例えば半分だけ正しかったらどうなるのか。

妾腹《しょうふく》の子によって立場を脅《おびや》かされている長子のストレスだとか、一族郎党《いちぞくろうとう》、母親にまで魔力《まりょく》のない自分を否定されている少年の心の傷だとか。そういうのを丸ごと無視して。片方の言い分だけを聞いて、『お可哀想《かわいそう》』『助けて差し上げる』という上から目線で見切り発車すればどうなるか。

使用人達が集まっている扉《とびら》の向こうから、聞き慣れた声がする。見知らぬ館の見知らぬ部屋の前なのに、そこが誰《だれ》の部屋で中に誰がいるのか嫌《いや》でもわかってしまう。

「……アン、私が中に入ったらすぐにオディールを回収して頂戴《ちょうだい》ね？」

「かしこまりました、ジゼルお嬢様《じょうさま》」

推定ユーグ侯爵《こうしゃく》令息《れいそく》の部屋から、ほぼ間違《まちが》いなく可愛《かわい》い妹のさえずりが聞こえる。アンを伴《ともな》って一歩踏《ふ》み出《だ》すと、使用人達がモーセの拓《ひら》いた海のごとく綺麗《きれい》に真っ二つに割れた。痛いほどの視線を感じながら、部屋付きのメイドに面会を申し出る。

メイドがドアを開けた瞬間《しゅんかん》、さっきまで空耳であってほしいと願った声がはっきりと鼓膜《こまく》をたたいた。

「ユーグ様はリュファス様をお可哀想だと思いませんの⁉」

「ですから、オディール嬢。僕には何の話だかさっぱりわからないんですよ」

キッとにらみつける顔は少女ながら迫力《はくりょく》満点で、『悪』を糾弾《きゅうだん》する声は自信に満ちあふれている。

対するユーグは『困った小さな子』の扱《あつか》いだ。苦笑《くしょう》しながら、どうしようかな、と次の言葉を探している。正直面倒《めんどう》くさいな、というのもありありとにじんでいる。

オディールの後ろで、メアリが半泣きになりながら二人を見比べ、扉から入ってきた私達を見つけた瞬間、礼拝堂で熱心な信者が主神エールの像を見る時のような顔をした。

神にすがるしかない状態になる前に、自分の主人を止めてやってほしい。

オディールはまだこちらに気がついていないらしく、オディール伯爵《はくしゃく》令嬢による華麗《かれい》なる断罪イベントは進行していく。

「おとぼけはおよしになって！　私、リュファス様に直接お伺《うかが》いしましたのよ。ユーグ様がリュファス様を閉じ込めておいでだと！」

それを言っていたのは周りの小動物達だけれど。

その瞬間、ユーグの表情が一瞬《いっしゅん》動いた。クタール侯爵夫人と同じ、澄《す》み渡《わた》る泉の色をした瞳《ひとみ》に深い影《かげ》が宿る。

昨日のお茶会と同じ怖気《おぞけ》を感じて、慌《あわ》てて部屋の中央に進み出た。

「オディール」

「お姉様！」

ぱっとオディールがこちらを振《ふ》り向《む》いて、得意げに顎《あご》を上げてみせた。

「お姉様からもユーグ様に言うべきことがあるでしょう？」

「ええ。そうね、オディール」

何故「味方が来たわ、これで勝てる！」みたいな表情をしているのかしら、我が妹は。

どの分野の先生をお呼びしてお勉強すれば空気を読む能力が身につくのか、誰か教えてほしい。

しっかりとユーグの顔を見て、ドレスの裾《すそ》をつまみ、深々と丁寧《ていねい》なお辞儀《じぎ》をする。

「妹が大変失礼をいたしました。どうも長旅で疲《つか》れて夢を見ていたようです」

「なっ」

信じられない、オディールがそんな目でこちらを見る。そして三秒後、爆発《ばくはつ》直前のオディールがメアリとアンに同時に押さえられて口を塞《ふさ》がれる。

令嬢に対してあるまじき使用人の態度ではあるけれど、日々オディールをすまきにしてきた甲斐《かい》があるというもの、慣れた様子で扉の外まで運んでいった。

目を丸くしているユーグに、再度深く頭を下げる。

「お騒《さわ》がせをして申し訳ありません、少し休めばすぐに回復すると思います。お邪魔をいたしました」

「……いいえ。姉妹《しまい》、仲が良ろしいのですね」

なんでもない言葉のはずなのに、なんと答えて良いかわからず口ごもる。

私はオディールに嫌《きら》われているだろう、間違いなく。オディールを再教育したいのは私の都合だ。けれど、結果的にオディールを救うことにもなると信じてはいる。その様子が、仲がいいように見えるというのなら、それは誤解でしかないけれど。

そんなことをほぼ初対面の少年に言う筋合いはない。言われたところで困るだろう。だから、いろいろと飲み込んで頷《うなず》くことにした。

「……ええ」

肯定《こうてい》をするには時間を取りすぎてしまった。

私の回答をどうとったのだろう、ユーグは利発そうな瞳をまっすぐにこちらに向けて、何か考えるように口元に手をやった。

退出するタイミングを逃《のが》した私に、ユーグが口を開く。

「あの。よろしければ、今日の午後にでも、お時間をいただけませんか。今の季節に春の花がこれほどそろう庭は、この国でもそうありません。クタール自慢《じまん》の庭園を、是非《ぜひ》案内させてください」

僕と二人で。

そう付け加えて、ユーグが微笑《ほほえ》む。

言外に、さっきのオディールの無礼があるので断るわけないよね、と言われた気がしたが、穿《うが》った見方をしすぎだろうか。

「そうですね、妹の体調が戻《もど》ったら。是非ご一緒《いっしょ》させてください」

「ありがとう、楽しみにしています」

にっこりと、まるで少年らしい表情でユーグが笑った。

オディールの様子を鑑《かんが》みるに、ユーグルートは潰《つい》えたと考えていいのだろうか。あまりにもユーグに対する好感度が低すぎる。仮にソフィアがユーグと結婚《けっこん》することになっても、格差婚《かくさこん》に鼻で笑って嫌味《いやみ》を言いそうだ。それはそれでバッドエンドのフラグになりそうなのでやめてほしいが。

廊下《ろうか》を歩きながら、ユーグルートでの私の死因を思い出した。

グッドエンドではダルマス伯爵家の行く末は出てこない。

愛するソフィアへの度重《たびかさ》なる嫌がらせに、ユーグは何かしら実力行使をしたらしく、『二度と社交界に出られないよう手を打っておいたから、安心して』とソフィアににっこりと笑ってみせるのだ。

紳士的《しんしてき》な笑顔に反して少々過激で腹黒な愛情表現が人気で、このグッドエンドでも絶対ダルマス伯爵家は潰《つぶ》されているだろうし、下手したら姉妹そろって通りすがりの悪漢とかに殺されてるんじゃないかとか噂《うわさ》されていた。ろくな末路でないのは確実だろう。

バッドエンドではどうか。

ユーグは自分のプロポーズを断ったソフィアに無理心中を仕掛《しか》け、お茶に毒を仕込む。その際、お茶会に同席していたオディールとジゼルも毒入り茶を飲まされる羽目になり、例によって真っ先に死ぬのがジゼルなのである。

炭鉱のカナリア再び。

ジゼルが倒れたことで、お茶に毒が仕込まれていたことがわかり、ジゼルより健康的なオディールとソフィアについては毒が回りきるまでに会話イベントを挟《はさ》むことができるのだ。だんだん弱っていくソフィアを抱《だ》きしめて、来世を誓《ちか》い、目を閉じるユーグ。悲しいまでに一途《いちず》な愛情で、バッドエンドが好きなファンには大変評価が高い。

巻き込み事故にもほどがある。

死ぬなら一人で死ぬか、ちゃんと相手を定めて1ON1で無理心中してほしい。

ユーグルートでの死亡を回避《かいひ》するには、オディールがソフィアの恋路を邪魔するのを全力で阻止《そし》する、ソフィアがユーグと結婚しない時は、イベントが発生するまでクタール侯爵家からのあらゆるお誘《さそ》いを断り続けるといったところだろうか。

ご近所付き合いが若干《じゃっかん》疎遠《そえん》になるけれどそこはそれ、致し方なし。

ことリュファスルートに関しては、リュファスと婚約《こんやく》さえしなければオディールがソフィアにメンチを切りにいくこともないと思われるので、魔力の自家中毒さえなければ私は生き延びられるはずである。

ジゼルが病死することが前提になっている原作の後半恋愛イベントが行方不明になるけれども。そのあたりは当人同士でなんとかしてもらおう。

廊下の突《つ》き当《あ》たり、重厚《じゅうこう》な扉から元気な叫《さけ》び声《ごえ》が漏《も》れ聞こえている。

「メアリ、アン！　私にあんな仕打ちをして、許されると思っているの⁉」

「も、申し訳ありませんお嬢様っ！」

「申し訳ありません。お嬢様」

「謝って済む問題じゃなくってよ⁉　大体、小麦袋《ぶくろ》じゃないんだから、もっと優雅《ゆうが》に運びなさい！　あなた達は私に恥《はじ》をかかせたのっ！　許さないんだからぁっ！」

半泣きになりながら仁王立《におうだ》ちしているオディールだけれど、使用人に手を上げるようなことはしていない。

連れ出したことより運び方に文句を言っているし、少しは成長しているのかもしれない。

それに、今回は悪意で暴走したゲームの中のオディールとは違《ちが》って、虐《しいた》げられている少年を助けたいという思いから行動した結果なのだ。ほんの少し、誤解があるだけ。

現時点で嫡子《ちゃくし》に指名されていないユーグにリュファスを軟禁《なんきん》するような権限はないし、クタール侯爵夫人を打ち負かすことは私やオディールにはまず無理だろう。

大人の事情の根が深すぎる。どう説明したものか。

はたと、部屋に入った私とオディールの目が合う。その瞬間、オディールはとうとう大きなアメジストの瞳からぽろぽろ涙《なみだ》をこぼして肩《かた》を怒《いか》らせた。

「お姉様の裏切り者！　最低だわ！　だいっきらい！　もう話しかけないで‼」

いくらなんでもちょっと傷つくので話くらいは聞いてほしい。

仲のいい姉妹ですね、ともう一回ユーグに言われたら泣いてしまうかもしれない。

「オディール。あなたが良くない方向に目覚めてしまうと困るから、あまり、こういうことは言いたくなかったのだけど」

オディールが悔《くや》しげに目尻《めじり》をつり上げ、口の端をぐっと引き下げる。

精一杯《せいいっぱい》の威嚇《いかく》なのだろうけれど、頭を撫《な》でたくなってしまう。

「敵地の真ん中で攻勢《こうせい》に出るには、よほどの戦力差がない限り全滅《ぜんめつ》間違いなしなのよ」

「お姉様の言うことって時々全然わからないわ！」

「そうね、まず、証拠《しょうこ》もないのにユーグ様を悪人だと決めつけるのは良くないわね」

あと、顔の好みで正義を決めないでほしい。

今後もオディールがこの調子だと、私の死因が絞《しぼ》れない。膝《ひざ》を折ってオディールの手を取り、下からのぞき込む。しっかりと目を合わせて会話をしなくては。

「……今回のご招待が終わるまであなたに言うつもりはなかったのだけど、クタール侯爵家は今とてもややこしいことになっているのよ、オディール」

「どういうことですの？」

「リュファス様は、クタール侯爵夫人の子どもではないわ。侯爵と愛人の間の子どもなの」

珍《めずら》しいことではない。何度そう繰《く》り返《かえ》しても、私のもう一つの倫理観《りんりかん》が否定する。

理解してもらえるだろうか、という私の心配を余所《よそ》に、オディールはけろりとしていた。

「あら、そんなこと」

「だから、オディール」

「けれどそれでも、リュファス様を虐げて良い理由にはなりませんわ」

きっぱりと、オディールは言った。

今度は私が目を丸くする番だ。

「それは……」

「お姉様、私をすまきにしてまで正しい行いを説いたお姉様が、この家の方々がリュファス様にしていることをよしとするなら、私、お姉様をけい、けいべつします」

「……!!」

オディールの瞳は揺《ゆ》るぎない。自分が正義だと思い込んだら、それしか見えないのだ。揺らぐはずがない。

それに比べて、燃えるような菫色《すみれいろ》の宝石の真ん中に映っている私の顔は、なんて情けないのだろう。まっすぐなオディールの視線を受け止めきれなくて、そらしてしまう。

死にたくない、その気持ちは変わらない。

でも。死亡フラグを折ることに必死で、それ以外のことが見えていなかったのではないだろうか。

まだ、笑えていた。リュファスがあの笑顔を、これから失うと、私は知っているのに。

伯爵家の身分で侯爵家のお家騒動《いえそうどう》に首を突っ込むなんて、それも庶子《しょし》であるリュファスの方につくなんて、もうそれだけでゲーム開始前に没落《ぼつらく》しそうだ。

だがここでリュファスを見捨てて、私は私を好きになれるだろうか。

大体、空気を読むだとか臨機応変だとか綺麗事《きれいごと》を言ったところで、私のやろうとしていることは二枚舌でしかない。

オディールに軽蔑《けいべつ》されるような姉になったら、「オディールを立派な淑女《しゅくじょ》に」なんて口が裂《さ》けても言えなくなってしまう。

「そうだわ！」

オディールはキラキラと輝《かがや》く瞳で私を見上げた。

いたずらっぽく笑《え》みの形になった目元に、嫌な予感しかしない。

「協力してくださるなら、一週間だけお姉様の言うこと、きちんと聞いて差し上げてもよろしくてよ。主神エールの御心《みこころ》に従って、悪事を断罪するためですもの」

「……っ、オディール」

「ね、お姉様？」

強く、オディールが私の手を握《にぎ》りしめる。

脅迫《きょうはく》と報酬《ほうしゅう》で揺さぶりをかけつつ、神の御心まで持ち出す小さな悪役令嬢に、胃が嫌な音を立てる。

こういうやり方で人を動かすことを学習されてしまうとまた悪役令嬢検定を昇級《しょうきゅう》して

しまいそうなので、精一杯の自尊心で微笑んでみせた。

「そんな駆《か》け引《ひ》きをせずとも、善行はなされるべきだわ。立派な心がけよ、オディール。私が間違っていたわね、ごめんなさい」

素直《すなお》に謝罪を口にすれば、オディールは少し驚《おどろ》いたようにつり目気味の目を丸くした。長い睫毛《まつげ》が上下して、蝶《ちょう》の羽のようだ。

「リュファス様のために、できる限りのことをしましょう。でも、証拠もなく人を糾弾するようなことをしてはだめ。ユーグ様かもしれないし、クタール侯爵夫人かもしれない。侯爵の可能性だってあるし、使用人が侯爵夫人に気に入られようと独断でやっている可能性だってあるわ。やむにやまれぬ事情のある人もいるかもしれないのよ」

「お姉様……」

オディールの燃えるような赤毛がふわふわと揺れた。

つり目気味の瞳をニッコリと笑みの形にして、しっかり胸を張る。あら可愛《かわい》い。

「まかせて頂戴、私、必ずリュファス様いじめの証拠を集めてみせます。そして主神エールに代わってこの私の手で天罰《てんばつ》を下して差し上げますわ！」

本当に、なんて頼《たの》もしいのかしら。オディールが輝いて見える。

だから私は痛み出した頭を押さえて低く頷いた。

自分の正義に反する者は自らの手で徹底的《てっていてき》につるし上げる、この発想はどう考えても。

「オディール」

悪役令嬢です大正解。

「だからその、自分で断罪するっていう考え方を変えましょう？」

罪があるならば法で裁くべきだ。私刑《しけい》は基本的に禁じられている。

「ねぇ、オディール。あなたはリュファス様を守ってくれないかしら」

きょとん、と大きな瞳が疑問でいっぱいになる。

ノーガード戦法上等のオディールに、とりあえずヘルメットくらいはつけてほしい。

「私達はお客様、でしょう？　いくらリュファス様に意地悪をする人がいたとしても、お客様の前ではそうひどいことはできないはずよ」

そもそも最初のお茶会でリュファスが存在そのものを抹消《まっしょう》されていたことはそっと記《き》憶《おく》の外に押しやった。普通《ふつう》にやる。あの若干どころでなく病《や》んでる夫人ならやる。

使用人も、クタール侯爵夫人の意向があるから好き放題やっている。何なら日頃《ひごろ》の鬱憤《うっぷん》を晴らすくらいの泥沼《どろぬま》いじめ行為《こうい》をやっていてもおかしくない雰囲気《ふんいき》だ。

けれど、クタール侯爵夫人のいない場所で仮にも貴族令嬢を相手にあからさまにリュファスを排除《はいじょ》したりはできないはずだ。そんなことを、きっとオディールは許さない。

こんなに自己主張の激しい貴族令嬢、平民なら当然関わり合いになりたくない。

「わかったわ、私がリュファス様の騎士《きし》になるのね」

キラキラとした瞳で頷く姿に、ひとまずほっとする。

オディールは、ただ己《おのれ》が正義と信じたもののために殉《じゅん》じているだけなのだ。

それがたまたま、主人公に相対するもので、多分世間一般的《いっぱんてき》にもあまりよろしくない方向に作用していて、悪役令嬢というポストにいるだけだ。

ならば、その正義を倫理的に、世間的に、正しいものに誘導《ゆうどう》してあげれば、野生児令嬢から一足飛びに正義の味方に大変身できるのではなかろうか。

風紀委員長系令嬢。めがねが似合いそうだ。

「その代わり、お姉様は犯人を見つけてくださいましね？」

「う、」

しっかりと釘《くぎ》を刺《さ》されてしまった。

ふふん、としたり顔の妹に、苦笑いで頷く。

「ええ、オディール。……頑張《がんば》ってみるわ」

この場合の犯人とは。誰に、何に、なるのだろう。

姫君のエスコート

空が高くからりと晴《は》れ渡《わた》った朝。

リュファス＝クタールは今日がいつもと同じ一日だと信じて疑わなかった。

秘密の温室で夜にだけ口を開くファンシーな動物達は、朝になると身動き一つしない剝《はく》製《せい》に変わる。初めて彼らが喋《しゃべ》った時は驚《おどろ》くと同時にわくわくもしていたが、中身が真っ黒な泥《どろ》と欲にまみれた魔術師《まじゅつし》達だとわかってからは声を聞くのもうんざりしている。

何もかもが不気味な魔術じみた城なので、昨夜、お客様だという少女が二人現れたのも、夢《む》幻《げん》の類いなのだと割り切っていた。

城では衣食住に困ることはないが、いないものとして扱《あつか》われて、ただそれだけの軟禁《なんきん》生活も、もう半年になろうとしている。

一夜限りの縁《えん》で結ばれ、どこの誰《だれ》とも知れぬ男の子どもを産み育てた母は、すでに楽園の門をくぐってしまった。

何の証拠《しょうこ》もないのに父親の遣《つか》いを名乗る人達についてきた。大人の庇護《ひご》がなく、生きていくのに困っていたこともあるが、ただただ寂《さび》しかったというのが本音だ。

父親が、母を捨てたわけではないと思いたかったし、家族だって欲しかった。

下町まで立派な馬車で迎《むか》えに来た一族の魔術師は、クタール侯爵家《こうしゃくけ》が心から望む子どもこそがリュファスだと、そう繰《く》り返《かえ》した。

しかし、希望を胸に侯爵家のドアをたたいたリュファスを出迎《でむか》えたのは、絶望そのものの目でこちらを見下ろしてきたクタール侯爵夫人と、唇《くちびる》を噛《か》みしめてにらみつけてくるユーグだった。肝心《かんじん》のクタール侯爵は目をそらし、歓迎《かんげい》の言葉一つかけることはなかった。

妻と息子《むすこ》のために一族の提案を拒絶《きょぜつ》することもできず、家のためと割り切ってリュファスを受け入れることもできない、そんな男が自分の父親だったのだ。

家族と呼ぶべき人達に、自分が望まれていないことは嫌《いや》でもわかった。本当に望まれた子ども、ユーグに、この家にふさわしい魔力《まりょく》さえあれば、きっと自分は捨て置かれたのだろうことも。

庶子《しょし》の存在が侯爵夫人の逆鱗《げきりん》に触《ふ》れ、城の空気が悪くなったせいか、侯爵はまともに城へ帰ってこなくなって久しい。

廊下《ろうか》に人の気配がした。

食器を下げるためにメイドがワゴンを持ってきたのだ。

銀食器の上には、食べ散らかされた朝食が半分以上残っている。

なまじっか什器《じゅうき》が高級なせいで、育ちの悪さが際立《きわだ》ってしまうのが腹立たしかった。

「あのぅ」

　メイドが控《ひか》えめに声をかけてきた。

　珍《めずら》しいこともあるものだと振《ふ》り返ると、メイドの後ろからひょっこりと赤毛が跳《は》ねていた。ふわふわとしたウェーブは薔薇色《ばらいろ》で、つり目気味の瞳《ひとみ》には透明度《とうめいど》の高いアメジストがはめ込まれている。

「あんた、」

　昨夜、秘密の温室にいた、姉妹《しまい》の片割れだ。

「おはようございます、リュファス様」

　ドレスの裾《すそ》をつまんで、小さな淑女《しゅくじょ》は可愛《かわい》らしく頭を下げる。

　こういう時、どういう風に返すのが正しいのか、リュファスは知らない。だから椅子《いす》に座ったまま、じっとオディールを見つめる。どういうつもりなのか、一体何をしに来たのか、見極《みきわ》めなくてはならない。ここには、リュファスの味方などいないのだから。

　そうやって身構えて顔をこわばらせるリュファスのすぐ目の前まで躊躇なく歩いてきて、オディールはにっこりと笑った。

「今日から私がご一緒《いっしょ》しますわ。さ、外へ出ましょう！」

「は？」

「大丈夫《だいじょうぶ》、私がお守りしますから！　大船に乗ったつもりでいらして！」

自信満々に胸を張って、小さな手は有無《うむ》を言わさずリュファスの手を握《にぎ》り、引っ張った。

淑女らしからぬ大股《おおまた》でぐんぐんとオディールが歩いて行くので、目の前のドレスの裾を踏《ふ》まないかということに意識をとられすぎて、状況《じょうきょう》理解が追いつかない。

（守るとか、船とか、一体何の話なんだ）

「おい、待てって。どこ行くんだよ」

「外です。部屋にこもってばかりでは、お姉様みたいになってしまうんですから！　リュファス様はクタール家の令息なのですから、もっと堂々としていればいいのです！」

もう一人の令嬢《れいじょう》、ジゼルを思い出す。確かに、日の光など知らないような色素の薄《うす》い少女だった。

リュファスの手をつかんだまま廊下の真ん中を大股で歩いて行くオディールに、周囲の使用人達が目を丸くして道を空ける。さらに、その後を歩くリュファスを目を丸くしたまま口を半開きにして見送るものだから、居心地《いごこち》が悪いったらない。

「様なんかいらないよ、リュファスでいい……そっち、庭じゃなくて通用門。普通《ふつう》に外には出してもらえないと思う」

ぽつりと放った言葉に、初めてオディールの足が止まる。

あまりにも雑に歩き回るものだから、風に絡《から》んだ髪《かみ》が綿飴《わたあめ》のようになっている。令嬢にあるまじき、メイドであれば叱責《しっせき》を受けている姿だ。けれど、気分を害した様子もなくオディールは堂々と胸を張った。

「ええ、そうでしたわ。私としたことが。ここは、あなたの、お家《うち》なのですから」

あなたの、と強くスタッカートをつけてオディールは言う。

「では、私をエスコートしてくださいな」

令嬢に手を差し出された時どうしたらいいのかもやっぱりわからなくて、リュファスは廊下で立《た》ち尽《つ》くしていた。


なるべく人目につかないよう隠《かく》し通路をうろうろしていたら、空中庭園までたどり着いてしまった。まぶしい太陽に目を細めて、リュファスはほっと息を吐《は》く。

下町の子ども達は皆《みな》したたかでたくましかった。そこに男女の差はなかった。だから、時折奉仕《ほうし》活動に訪《おとず》れる貴族令嬢達のことを同じ生き物とは思えなかった。荷物を持ったこともないほっそりした腕《うで》。今にも折れそうな腰《こし》。砂糖菓子《がし》を口に入れたような鈴《すず》の音色で喋り、花の香りがする人形のようだと思っていた。

身分の差、生まれの差。搾取《さくしゅ》する側の人間に嫌悪感《けんおかん》を抱《いだ》いたのはもちろんだけれど、ある種の憧《あこが》れもあったのだ。

砂糖菓子でできたような色彩《しきさい》の少女、ジゼルはイメージ通りの貴族令嬢だった。

そして、その妹であるオディール。

姉と対照的な、華《はな》やかな色彩をまとう少女。その傲慢《ごうまん》さも、わがままさも、やはり貴族というイメージの側面だった。

それ故《ゆえ》に。

（違《ちが》う、なんか違う）

リュファスは頭を抱《かか》えながら首を振る。うなり声のようなため息が口の隙間《すきま》からこぼれてしまう。

貴族令嬢となんか話したことがない。夫人とは初対面から完全に敵対している。だから、目の前で小手毬《こでまり》の茂《しげ》みに突進《とっしん》していく赤毛の少女にどう対応するのが正解なのかわからなくて途方《とほう》に暮れていた。この空中庭園の植木達も、こんな無作法を受けるのは芽吹《めぶ》いてからこちら初めてのことだと思われる。

ふわふわの巻き毛に木の葉をいっぱい巻き込んでオディールが匍匐《ほふく》前進をしているのには理由がある。

仔猫《こねこ》を探しているのだ。

夜にだけ動き出す化け物の猫《ねこ》ではなく、城に住み着いている野良猫《のらねこ》のことだ。

真っ白な仔猫がいるのだとオディールに話すと、目を輝かせて見たいと言い出した。

「だからさ。野良猫なんだから、探して見つかるものじゃないって。昨日も思ったけどあんたのそのドレス、汚《よご》しちゃって大丈夫なのか？」

「あんたじゃないわ。オディール嬢《じょう》ってちゃんと呼んでくださる？　リュファス」

音がしそうな勢いで茂みから首を引き出して、小さな令嬢が腰に手を当てる。

つんとそらした小さな鼻にも、泥汚《どろよご》れがついている。

これでは下町の子どもと変わらない。

貴族令嬢とは一体何なのか、リュファスは首をかしげたまま戻せないでいる。

「オディール嬢。そんな風にドレスを汚したら、姉さんに怒《おこ》られるんじゃねぇの」

「‼」

図星らしい。

キッとにらみつけてぐっと唇を引き結んだ後、頰《ほお》を膨《ふく》らませた。

「いいのよ、どうせお姉様は私のやることとならなんだって気に入らないんだから」

「いや、なんでもってことはないだろ。服汚したら普通は怒るだろ」

「私をいじめるのが好きなの！　お勉強中ずっと横に座って監視《かんし》したり、メアリに追いかけさせたり！」

「そのメアリさん？　に、なんで追いかけられるわけ？」

「私にお勉強させるためよ‼」

顔を真っ赤にしてオディールが叫《さけ》ぶ。全身で不満をあらわにして地団駄《じだんだ》を踏みそうな貴族令嬢を前に、リュファスはこの上なく冷静に口を開いた。

「それはあんたが悪いんじゃ」

「悪くないわよ！　お姉様が全部悪いの！　私のこと嫌《きら》いなのよ‼」

「……嫌いじゃないだろ、きっと」

(なんだか下町で小さい子に同じようなことを言い聞かせことがあるな)

まだ母親が生きていた頃の温かくて、優《やさ》しい記憶《きおく》だ。

「本当に嫌いなら、無視するから」

それがこの家での、リュファスの扱いだ。ぎくりと、オディールの肩《かた》が震《ふる》えた。

「いないものとして扱う。勉強中に隣《となり》にいるなんて、そんなの面倒《めんどう》くさいだけだし、あんたが逃《に》げるなら放っておけばいい」

そんなことはないだろうと、リュファスは思う。

あの薔薇《ばら》の下のお茶会でオディールが登場した時、ジゼルは確かに止めようとした。

良識ある貴族の子女として当然のことかもしれないが、それでもあの化け物達から妹を庇《かば》うように立ち上がったのだ。

「……前は口をきいてくれなかったの」

「？」

「でも！　でも少し前のことよ。最近は、いじわるだけど、ちゃんと毎朝一緒に食事をするし、ええ、そうね。そこまで、そんなに、嫌われては、いないと思うわ。そう、それに、薔薇をくださるのよ。氷でできているの、すごく綺麗《きれい》なんだから！」

「ふーん、そうなんだ」

一生懸命《いっしょうけんめい》に言葉を紡《つむ》ぐ年下の少女に、リュファスは小さく微笑《ほほえ》む。

(そういえば、ここに来て初めてこんなに気安く会話をしている気がする)

見上げる空も風も同じはずなのに、空気ばかり重いこの城でようやく呼吸ができた気がした。

兄弟ですら殺し合う世界だとあの喋る剝製達は言っていた。

味方はこの城にはいないから用心しろと耳元で囁《ささや》いた。

これが貴族の世界なのだと諦《あきら》めていたが、もしかしたらそうではないのかもしれない。

オディールを見ていると、そんな気がしてくるのだ。

(俺は何も知らない)

こんなにも、不器用に想《おも》い合う姉妹がいるのなら。

(兄弟だって、少しくらい、歩み寄れたりしないのか)

「あっ！　いたわ！」

突然《とつぜん》視界から赤色が消えた。次の瞬間《しゅんかん》、赤い野ウサギは小手毬の茂みを抜《ぬ》け、水路を飛《と》び越《こ》え、植え込みの中へ突撃《とつげき》していく。

「捕《つか》まえた！」

「だめだ‼」

リュファスは一瞬《いっしゅん》遅《おく》れて走り出す。

空中庭園を巡《めぐ》る水路の先端《せんたん》、ガーゴイルの口からは、睡蓮池《すいれんいけ》へ水が滝《たき》のように流れ落ちていく。つまり、今オディールが駆《か》け込《こ》んだ植え込みの先に、足場などないのだ。

「……っ！」

文字通り、飛び出してしまったオディールの手をかろうじてつかむ。

だが、上体の半分以上をせり出した状態で引き上げることはできず、石造りの縁がリュファスの靴底《くつぞこ》でじゃり、と嫌な音を立てた。

（無理だ、落ちる）

オディールは仔猫を抱いたまま、驚愕《きょうがく》のあまり悲鳴を上げることもできないでいる。

小さな背中が離《はな》れないようしっかりと抱き込んで、リュファスは歯を食いしばった。

目を閉じたくなる衝動《しょうどう》と戦いながら、眼下に広がる睡蓮池をしっかりと見据《みす》える。

『応えろ、従え』

乱雑な命令に、轟音《ごうおん》と閃光《せんこう》がはじけ、水しぶきと共に枯《か》れた睡蓮の葉が勢い良く空中へ放り出された。

メイドに先導されて、長い長い廊下《ろうか》を歩いて行く。

積み上げられた大理石の隙間《すきま》から冷たい幽霊《ゆうれい》がしみ出てきそうな白亜《はくあ》の城に、寒さ以外の震《ふる》えが肩《かた》を揺《ゆ》らした。ここに来てまだ二日目なのに、すでに実家が恋《こい》しかった。

ダルマスの館は、日向《ひなた》の香りのする煉瓦《れんが》と薔薇《ばら》色の大理石を組み合わせた暖かな色合いの建物で、どの季節にも薔薇《ばら》が咲《さ》いていたのを思い出す。いつだって賑《にぎ》やかで、オディールの高飛車な怒声《どせい》と、使用人達の狩《か》りでもするような野太いかけ声と、メイド達の悲鳴にあふれていた。

落ち着いた優雅《ゆうが》な日常に憧《あこが》れてはいたけれど、こんな冷たい静寂《せいじゃく》に比べればダルマスの騒々《そうぞう》しさはいっそ好ましいとさえ思える。

廊下の突《つ》き当《あ》たり、モザイクが施《ほどこ》された美しい扉《とびら》を開くと、そこは庭を臨《のぞ》む広々としたバルコニーになっていた。

「ダルマス伯爵令嬢《はくしゃくれいじょう》、ジゼル様がおいでです」

メイドに続いて扉をくぐると、椅子《いす》に腰掛《こしか》けていたユーグがこちらを見てにっこりと笑い、立ち上がる。

仕立ての良い藍色《あいいろ》の上着が冬の日差しに艶《つや》やかな光を反射した。クタール侯爵夫人と同じ、癖《くせ》のない明るい金髪《きんぱつ》は綺麗《きれい》に切りそろえられていて、育ちの良いお坊《ぼっ》ちゃんといった様子だ。控《ひか》えているメイドの数も我が家よりずっと多い。

「来てくれてありがとう、ジゼル嬢。まだお疲《つか》れのところをお呼び立てしてすみません。オディール嬢のお加減はいかがですか？」

「ありがとうございます、今は休ませておりますわ。お招きいただきありがとうございます、ユーグ様。今朝は妹がご迷惑《めいわく》を」

「謝らないでください。僕は気にしていませんから。エスコートさせていただいても？」

実に自然な動作で、ユーグが右手を差し出す。

明らかに貴族の令息として教育を受けたユーグの所作に、昨夜見たリュファスとの違《ちが》いが際立《きわだ》ってしまい、胸に重しを載《の》せられた気分だ。

春の花が咲き乱れている庭園と違い、池の中だけは冬枯《ふゆが》れの景色だ。魔術の力で春の陽気を再現しても、さすがに池の底まで温め続けることは難しいらしい。空気より水を温める方が大量の魔力を必要とするので、コスト的な問題だろうか。

しかし、資金も人材も潤沢《じゅんたく》なはずのクタール侯爵家が、家の勢力を示す庭の魔術をコストカットするという発想に違和感《いわかん》がある。

秘密の温室で、半年前から一族の魔術師が城から追い出されていると言っていたのを思い出す。もしかすると、メンテナンスする人間がいないのかもしれない。魔術師に恵《めぐ》まれたクタール侯爵家が、外部の魔術師に自分の城の修繕《しゅうぜん》を依頼《いらい》するなんて、それこそ醜聞《しゅうぶん》がありますと喧伝《けんでん》しているようなものだ。

家の事情を鑑《かんが》みると、半ば凍《こお》った池を渡《わた》る風がより一層冷たく感じられ、今が冬だということを嫌《いや》でも思い出させた。

「そういえば、ジゼル嬢」

「はい」

「昨日母上が言っていたことを、もう一度お尋《たず》ねしてもよろしいですか?」

ユーグの微笑《ほほえ》みは優《やさ》しい。

本心を見せない笑《え》みの中で、泉のように澄《す》んだ水色の瞳《ひとみ》が揺れている。

「淡雪《あわゆき》の君《きみ》のことを」

「母のこと、ですか?」

予想外の言葉に足が止まってしまう。

ユーグと私の年の差は二つ。母が亡《な》くなった時、ユーグは六歳だったことになる。

接点があったとして、覚えているものだろうか。

「申し訳ありません。私が四歳の時に、亡くなってしまったので……あまり記憶《きおく》にありませんの。私も人づてに聞く程度のことしか」

「申し訳ありません、ジゼル嬢。言葉が足りませんでした。あなたを悲しませたかったわけではなくて……淡雪の君は、それほど、魔力の強い方だったのですか？」

ユーグの瞳が揺れる。確かに傷ついた表情をした少年に、胸が詰《つ》まる。

彼はもしかして、理解者が欲しいのだろうか。

私が昨日、魔力があまりないと言ったから、自分と境遇《きょうぐう》を重ねているのかもしれない。母親と似ているという理由で比較《ひかく》され、魔力について否定され、ついでに妹に手を焼いている、ジゼル伯爵令嬢。

もちろんそれは私の嘘《うそ》が前提なのだから、ユーグは誤認《ごにん》している。

「……そう聞いています。聖女様には及《およ》ばずとも、男であれば魔術院《まじゅついん》にお仕えすることもできたと」

「そう、ですか」

ユーグの瞳に映ったのは憐憫《れんびん》の情だった。

同じ傷を持つはずの偶像《ぐうぞう》を哀《あわ》れんで、自分を慰《なぐさ》めているだけだ。

昨日のお茶会からずっと思っていた。せめて、クタール侯爵夫人、彼女だけは。母親である彼女だけは、息子《むすこ》であるユーグの味方であってほしかった。

もちろん侯爵夫人とて、ユーグの立場と未来を最大限考えての行動なのはよくわかる。

それでも、ユーグの伴侶《はんりょ》にひたすらに魔力を求める侯爵夫人の姿は、魔力がないためにこの家に否定され続けたユーグをもう一度踏《ふ》みにじることに他ならないのだ。

無条件の肯定《こうてい》を誰《だれ》からも得られない。これでは、ユーグが歪《ゆが》むはずだ。

自分を肯定できないから、余計に自分を脅《おびや》かす立場にあるリュファスにつらく当たってしまうのだろう。答えを待つ水色の瞳をはっきりと見つめ返した。

「ユーグ様。私が母の魔力を受《う》け継《つ》がなかったこと、お気遣《きづか》いをいただく必要はありません。領主が優《すぐ》れた魔術師だったとして、領民が救われるわけではありませんもの」

ほんの少し、見開かれる瞳に、届いてほしいと気持ちを込《こ》める。

「私はいずれダルマス伯爵領を治める身。私の民《たみ》が心安らかに、少しでも豊かであること、それを望むのに、私の魔力は必要ではないと思っています。優れた魔力を持つはずのダルマス家が母の代でどんな状態だったか、ご存じありませんか？」

ダルマス伯爵家を立て直したのは父テオドールの財力だ。ユーグが囚《とら》われているこの家は、とても狭《せま》い場所なのだと知ってほしかった。

ユーグはじっと私を見下ろして、やがて笑顔《えがお》を作って口を開いた。

「……パージュ子爵《ししゃく》の教育の賜物《たまもの》ですね。堅実《けんじつ》でいらっしゃる」

翻訳《ほんやく》するならば成金《なりきん》らしい金勘定《かんじょう》だ、だろうか。

正面から嫌味を投げつけられて笑顔が引きつる。さっきまでの同情をベースにした湿った空気が、フリーズドライされた気分だ。

気まずさに耐《た》えかねて視線をさまよわせていると、枯《か》れた葉ばかりが浮かぶ池が見えた。大きな池一面に、同じ品種を育てているようだ。

「夏になったらきっと綺麗な蓮《はす》が見られるんでしょうね。何という品種なのですか？」

何気ない、天気の話をするような話題に、ユーグが足を止めた。

口元にうっすらと乗った微笑みに、何故《なぜ》か背筋が寒くなる。

「……『ユーグ』といいます」

気のせいじゃなかった。

地雷《じらい》が爆発《ばくはつ》する音を聞いた気がする。

「母上が僕を身ごもった時に、母方の親戚《しんせき》が作らせた品種だそうです。同じ名を持つ花は、その子どもを守護するといいますからね」

花のない睡蓮池を見つめるユーグの瞳はどこか寂《さび》しそうだ。

新種の花は年にいくつも作られるが、名をつけられる花は少ない。美しい品種であれば、その年に子どもが産まれた貴族の家か、金持ちの商家が命名権を買い取るのが常だ。

侯爵家にふさわしい魔力を持った嫡子の誕生を心待ちにしていたのだろう。

今日に至るまで、クタール侯爵夫人とユーグが受けてきた苦痛を思うと胸が痛む。

「ダルマスにも『オディール』がありましたね。薔薇の館と聞いています。パージュ子爵が、姪《めい》の名前を持つ赤薔薇を門外不出にするために館の塀《へい》を高くしたとか」

「まぁ、叔父《おじ》がそんなことを？」

「以前うちの庭師が一角商会に株分けを頼《たの》んだのですが、断られたそうです。決して誰にも渡せないとね。後見人に愛されているようで、羨《うらや》ましい限りです」

くすくすと笑う声は、冬の池を写し取ったような温度のなさだ。

「『ジゼル』はないのですか？」

「え？　……さぁ、どうだったかしら」

記憶を探《さぐ》っても庭にあるのは真っ赤な薔薇ばかりだ。どれかが『ジゼル』かもしれないが、心当たりがまるでない。

ユーグの真意を量りかねて顔色をうかがってみるが、あいかわらず冷たく微笑んでいるだけだ。

少しでも癒《い》やしが欲しくて、鳥の鳴き声でも聞こえない物かと耳を澄ませると、カラカラと人工物がぶつかる音がした。見上げると、城の影《かげ》になっているとばかり思っていたが、壁《かべ》からせり出した広いテラスが影を落としているようだ。

「空中庭園ですよ。後で行ってみませんか」

「わぁ、ぜひ見てみたいです」

上《うわ》っ面《つら》の会話が滑《すべ》っていく。

細く、滝《たき》のように水が流れ落ちている。

ということは、水をくみ上げているということだ。

いったいどんな仕組みなのかと周囲を見渡《みわた》すと、睡蓮池に注ぐ水の他に、水路が見えた。好奇心《こうきしん》のまま水路に近づくと、さきほどのカラカラという音が近づく。

果たして、その正体は小さな水門だった。

木でできた歯車と、いくつかの金具が重なり合い、ずっしりと分厚い石が幅《はば》にして一メートルほどの水路を遮《さえぎ》っている。睡蓮池への水量を調節するための門のようだ。

石には精巧《せいこう》な蜥蜴《とかげ》の彫《ほ》り物《もの》が施されている。

つい最近よく似たものを見た気がしたが、違和感があった。魔力の気配がしない。

この世界では魔力こそ貴族的な万能《ばんのう》の力であるという考えが強いので、こうしたからくりじみた物を見るのは珍《めずら》しいことだった。

それを異教徒の技術と見下す風潮まであるのだ。異教徒と呼ばれる外敵がいなくなって久しい今となっても。

「それが気になりますか？　ダルマス領の蜥蜴の大門《だいもん》を模したものです」

「では、魔力で動くのですか？」

ダルマス伯爵領が誇《ほこ》る蜥蜴の大門。

かつて聖者と呼ばれるほどの魔術師が作った、古代魔術の遺物。

今となっては失われた技術に等しい魔術の建造物だけれど、魔力さえあれば使用することはできる。丁寧《ていねい》にメンテナンスされている遺物は、大陸の至る所にあり、ダルマスで最も有名な遺物は蜥蜴の大門。文字通り蜥蜴の彫り込まれた水門だ。

ダルマスで一番太い河を横断する水門で、水害の際に河流の水量を調整する機能を持つ、どれほど水をたたえても、壊《こわ》れることのない巨大《きょだい》な石の門。

ただし、遺物の作動にはサイズや効果に応じた魔力が要求される。

大きな河にかかる水門サイズになると、動かすのには聖女に及ぶほどの魔力が必要だ。

つまり、並の魔力しか持たないオディールや、魔力量は多くとも使用に体が耐えきれない私では使えない無用の長物ということになる。観光資源としてしか利用価値がない。

「いいえ、これは歯車を使ったからくりです。一枚の岩ではなく、数枚の岩を使って水門の形にしているんです」

説明を受けて、首をかしげる。

「魔力がいらないのですか？」

「ええ。両脇《りょうわき》にロープが止めてあるでしょう。これを引けば、重い岩も簡単に持ち上げられるんですよ」

おかしい。いくら庭の片隅《かたすみ》とはいえ、そんなものがここにあるのはおかしい。

何故ならここはクタール侯爵の城で、その魔力をもって中央に強力な魔術師達を送り出してきた血族の本拠地《ほんきょち》だ。

魔力を大量に必要とする道具があるならともかく、魔力を不要とする道具があるのは、それを庭に置いてあるのは、おかしい。そんな発想に至るのは、そんなものを庭に作って許されるのは、魔力を持っていない令息くらいしかいない。

そもそもどういうつもりでこの小さな水門を話題に出したのか、わからなすぎて冷《ひ》や汗《あせ》が出てくる。

いっそ直接質問して楽になりたいけれど、『ユーグ様は魔力なしだからこんなからくりを作ったんですね』などという、とんでもないディスになりかねないので何も聞けない。

飲み込めない唾《つば》が口の中にたまって気持ちが悪い。

沈黙《ちんもく》をひたひたと浸《ひた》すように、木枯《こが》らしが遠くの木を揺らして通り過ぎる。

水が流れる様を二人して見下ろしていると、ユーグが口を開いた。

「僕が作りました」

「んぐっ」

呼吸するタイミングと中途半端《ちゅうとはんぱ》にかぶり、変な声が出た。挙動不審《ふしん》な隣《となり》の令嬢を見下ろして、ユーグは相変わらずの微笑みをたたえている。

「ダルマス伯爵領にある蜥蜴の大門は僕の憧れでしたから。でも、遺物サイズの水門は、作るのも維持《いじ》するのも難しいですし。まぁ、実際に使うなら、魔力を多少なりとも使うことを前提にした方が簡単なのでしょうけれど」

睡蓮池に魚でもいるのか、ぽちゃんと跳《は》ねる音がした。

「では、この水門を、大きくしたら、魔力をさほど使わず蜥蜴の大門の代わりを務めることができるということですか？」

「え、と。はい、きっと」

「それは……素晴《すば》らしいことではありませんか！」

思わず声がうわずる。目を丸くしているユーグの手を取って大きく頷《うなず》いてみせる。

「これが世に広がれば、洪水《こうずい》や渇水《かっすい》に悩む領民をたくさん救えます！　国にはもう壊れてしまった遺物だってたくさんありますし、ダルマスの蜥蜴の大門だって、動かなければ彫刻《ちょうこく》と同じですから！　すごい、すごいことですよ、ユーグ様！」

ユーグから反応はない。

存在を否定され続けたユーグが、何かしら魔力以外に誇れる特技があったことに思わずガッツポーズをするところだった。この技術が認められれば、ユーグがこれ以上歪むこともないかもしれない。

異教徒の技術上等、昔のように魔術師がわさわさいた時代ならいざ知らず、今現実に困っている民草《たみぐさ》が大勢いる時代において、この技術は確かに必要とされるものだ。

少なくとも商人である叔父ならそろばんをはじいてにっこり笑顔になってくれるはず。

「叔父にも教えていいですか？　きっと喜びます」

「あ、ええと」

「ああ良かった、これで春の雨に困る領民が減りますね。本当に良かった」

「つ、使えるか、わかりませんよ。手遊《てすさ》びに作ったものです、僕には」

魔力がありませんから、という言葉が透《す》けるようだったので、握《にぎ》った手に力を込めた。

「魔力がいらないのなら、もっと素晴らしいじゃないですか」

魔力が必須《ひっす》の遺物より、魔力なしで現場の役人が操作できた方がいいに決まっている。

どこをのぞいても闇《やみ》だらけのクタール侯爵家に、ほんの少しでも光明が見えた気がして、私はこの城に来て初めて心からの笑顔を浮かべられた気がした。


息を吸うと、柔らかな冬の香りが肺腑《はいふ》を満たして、そのまま声にならなかった。

ユーグは何度も瞬《まばた》きを繰《く》り返《かえ》す。

目の前の光景が信じられないのだと言うように。

(君は、どうして)

ジゼル嬢、そう声をかけようとして、うまく呼吸ができなかった。

冬の光は柔らかく銀色の輪郭《りんかく》を縁取《ふちど》り、アメジストの瞳に長い睫毛《まつげ》が影を落としている。

新人画家が小躍《こおど》りしそうなその光景の中で、彼女が一心に視線をそそいでいるのは、薔薇の花でも宝石でもなく、不格好な石組の模型だ。

古い貴族を中心に魔力を至上とするこの国で、それを使わない建造物は『異教徒の道具』だと忌《い》み嫌《きら》われる。装飾《そうしょく》の先端《せんたん》まで魔力を張《は》り巡《めぐ》らせ、真冬に真夏の花を咲かせることで財力と血統を誇示《こじ》するのだ。

魔力がない自分でも役に立てるはずだと、領地のためによかれと思って考えたことだ。両親と一族に少しなりと認めてほしいと必死で考えたこのからくりをお披露目《ひろめ》した日、返ってきたのは失意のまなざしと、侮蔑《ぶべつ》の言葉だった。

(とうの昔に、父上も母上も、僕を見限っていたんだろう)

だからあの日、馬鹿な子どもは期待することをやめた。希望を持つことをやめた。自らの手で未来をつかみ取ることを諦《あきら》めた。ただただ、呪《のろ》うように笑いながら生きてきた。

踏みにじられてボロボロになったそれを、宝物を見つめる瞳ですくい上げてくれる人がいるなんて、思ってもみなかった。

自分と同じ立場の少女を、傷つけてやろうと思ったのに。

蜥蜴の大門を動かすには、聖女に及ぶほどの魔力を必要とする。

それこそが古い血を持つダルマスの後継者の証《あかし》であり、領民達の敬愛と畏怖《いふ》とを勝ち取る手段でもある。魔力があったとしても、並の魔力ではだめなのだ。

先代の女伯爵だったイリスは蜥蜴の大門を動かすことができたという。だが、今代において祖先の魔力を受け継ぐ子どもは生まれなかった。もはや遺物を動かす力が領主の後継にないと知れば、領民の失望はいかばかりだろう。

家門の後継を争う相手がいないだけで、お前も同じだとつきつけてやりたかった。

領地の統治に魔力は必要ないと虚勢《きょせい》を張ったところで、所詮《しょせん》はこのからくりと同じ。

必要だったのは魔力を受け継ぐ子どもだったのだと、自分と同じような立場の人間が、同じように傷ついている姿を見て安心したかったのに。

それなのに、これっぽっちも傷つかなかった。

そのことに苛立《いらだ》っていたはずなのに、今は心の底から安堵《あんど》している自分がいる。

「ユーグ様、この水門の素材は何を使われるのですか？　堅《かた》くて大きな石がダルマスではあまり採れないのです。それに大きい門を作れば補強が必要になりますよね。こんな大きなネジや歯車をたくさん作れるかしら」

「石を切り出して川で運べばいいし、それこそ回路や補強は魔術に頼《たよ》ってもいいですよ。使用時になるべく魔術がいらないことを重点に置いているのですから、建設時に魔術を除外する必要はないでしょう？」

「ああ！　確かに」

ぱっとジゼルが顔を上げるから、思いがけず二人の顔が近くにあって、反射的に一歩後ろに引いてしまった。

花のない睡蓮池が煌《きら》めくから、その光を受けてジゼルの瞳がキラキラと光るのだ。

先ほどまでの何かを憂《うれ》えるような表情とは違う、希望を見つけたような笑顔に心臓が嫌な音を立てる。顔が熱い。冬の日差しが暑いという言い訳はできそうもないのに。

(ああそうだ、淡雪の君)

その憂いを払《はら》うためならば百の宝石を捧《ささ》げても惜しくないと言われた彼女の母親。

当時の男達はこんな気持ちだったのかもしれない。

そう思うと、急に落ち着かなくなってしまう。

社交界デビューはまだだが、すぐにジゼルは評判になるだろう。

ダルマス領の窮状《きゅうじょう》は父親の財力で解決済みである。今や伯爵領としては豊かな部類に入るだろう。一角商会は貴族にも太いパイプを持っている。婿《むこ》候補にはいくらでもツテがあるはずだ。

ダルマス伯爵家として魔力が必要なら、古い貴族の家から将来有望な次男三男を婿入《むこい》りさせればいい。

そもそも相手が新興貴族なら、魔力の有無《うむ》はさして気にもされない。ジゼル自身が魔力にこだわりがないのならなおさらだ。

何より、この人形のような美貌《びぼう》だ。貴公子が列を成して彼女に愛を囁《ささや》くだろう。

（嫌だ）

はっきりと、強い感情で目頭《めがしら》が熱くなる。

（この先二度と、こんな目で僕を見てくれる人なんか現れるわけがない）

砂漠《さばく》で見つけた葡萄《ぶどう》だ。

手放してなるものか。

真っ白な指先に触《ふ》れようとした瞬間《しゅんかん》、雷《かみなり》のような音と光が庭をつんざいた。

「⁉」

星を砕《くだ》いたような音と火花が睡蓮池に落ちていく。

複数の魔術がぶつかった時に発生する火花だ。

その真ん中で、泥水《どろみず》がせり上がって腕のように動き、水しぶきを上げながら蓮の枯れ葉と茎《くき》を吐《は》き出《だ》すように形が崩《くず》れた。

泥水のかたまりから、はじめに目に入ったのは、燃えるような赤毛だった。

「オディール‼」

普段《ふだん》の声量が嘘のような悲鳴を上げて、ジゼルが謎《なぞ》の泥水の怪物《かいぶつ》に駆《か》け寄《よ》る。

池の水でドレスが濡《ぬ》れるのもいとわず、必死に手を伸《の》ばしている。

次に泥水から出てきた色彩《しきさい》に、自分でも表情が厳しくなるのがわかった。

「まぁ、リュファスは水の属性なのね。お姉様と一緒《いっしょ》だわ」

「いや、土だよ。睡蓮池の泥《どろ》を無理やり使ったからこんなことになったんだよ」

オディールののんきな声が中庭に響《ひび》き、うんざりとしたリュファスの声がそれに続く。

睡蓮池の泥を使ったという言葉通り、池の半分がかき混ぜられ、『ユーグ』の枯れ葉や根が無残にちぎられて池を漂《ただよ》っている。

「オディール、一体どこから落ちてきたの？　怪我《けが》はない？　リュファスも大丈夫《だいじょうぶ》なの？」

わなわなと唇《くちびる》を震わせて、ジゼルが涙目《なみだめ》になっている。

唇をとがらせて身構える妹を抱《だ》きしめて、血の気が引いて真っ青になった顔で、それでもリュファスに礼を言っているらしい。三人の会話が、途《と》切《ぎ》れ途切れに聞こえてくる。

こんなに近い場所で会話をしているのに、水面の向こう側のようだ。

「本当に、なんてお礼を申し上げたらいいか。リュファスは命の恩人です」

「別に、たいしたことじゃないよ」

「ちょっと、お姉様、苦しいわ。仔猫《こねこ》が潰《つぶ》れちゃう」

文句を言いながらも、抱きしめられるまま離《はな》れようとしないオディールが目に入る。

どれほど宝物のようにこのガラクタを見つめても、オディールが視界に入った瞬間、ジゼルの興味と関心はすべてこの小さな妹に向かってしまった。

オディールの腕から、真っ白な仔猫が顔を出し、ジゼルが明るい声を上げる。

猫《ねこ》を抱き上げて自慢気《じまんげ》なオディールと、苦笑《くしょう》しながら猫ごとオディールを抱きしめるジゼルと、そんな姉妹《しまい》の様子を優しく見守るリュファス。

その穏《おだ》やかな空気が、羨ましくて、妬《ねた》ましくて、焼き切れそうな痛みが心臓を引《ひ》き裂《さ》いていく。

この庭に落ちるには、三階の高さにある空中庭園から飛び降りてくるしかない。例えばリュファスの立ち位置に自分がいたのなら、まずオディールは助けられない。

道具もなしに、三階から二人分の衝撃《しょうげき》を受け止める魔術なんて、使えない。

魔力のある男とそうでない男がいるなら、魔力がある方がダルマス家だって望ましいに決まっている。

その血に流れる力を失ったのならなおさら、強い魔力の夫を必要とするだろう。

まさにリュファスはうってつけだ。

蜥蜴の大門を動かすことができる、正当な後継者を望むこともできるだろう。

ユーグには、望むこともできない未来だ。

（……本当に。仲のいい姉妹だな）

リュファスを見つめるジゼルの目に、恩義や友情以上の何かが映っている気がして、吐き捨《す》てるように目の前の美しい光景に背を向けた。

オディールがどれほど破天荒《はてんこう》な振る舞《ま》いをしても、ジゼルは自分が妹に手を差し伸べることを疑問にも思っていないのだろう。無償《むしょう》の愛を注いでいるように見える。

自分の地位を脅かさない弟だったなら、あるいは本当に血のつながった弟だったなら、あんな風にただ慈《いつく》しんで仲良くなれたのだろうか、自問の答えは聞くまでもなく否だ。

出来損《できそこ》ないは、誰かの一番になんか、なれやしないのに。

何を今更《いまさら》希望なんか持っているのか、馬鹿馬鹿しくていつも通り笑えそうだった。

凍った睡蓮池

すっかりぬるくなってしまったお茶にため息が漏《も》れる。

夕暮れのテラス席、向かいの席は空席のままだ。

見下ろす睡蓮池《すいれんいけ》は昨日のことなど何もなかったように凪《な》いでいる。

空中庭園からの落下事件。あの後、冷たい睡蓮池の中でオディールを抱《だ》きしめていると、すぐにクタール家の使用人達が群がってきた。

毛布が被《かぶ》せられ、温かいお茶が用意され、暖炉《だんろ》のある部屋へ案内される。

それらすべてから、リュファスは無視されていた。あまりにもあからさまだったから、思わず声をかけてしまったのだ。

明日の昼食をご一緒《いっしょ》しませんか、と。

周囲の使用人の呼吸が一瞬《いっしゅん》止まったが、リュファスは小さく頷《うなず》いてくれた。

後ろの方でアンがうめいている声が聞こえたので、オディールが爆発《ばくはつ》寸前になっていることも察した。正義感に任せて他人の家の使用人達を鞭打《むちう》ちしかねない勢いだった。

ちょっとばかり瞬間湯沸《しゅんかんゆわ》かし器《き》なだけで、悪い子ではないのだ。本当に。

妹の命の恩人に、感謝の意味を込めて客人として正式にお招きをと、クタール侯爵《こうしゃく》夫人側の使用人達が邪魔《じゃま》をしづらいよう再度叔父《おじ》を経由してまで声をかけたのに、午後のお茶の時間になってもテラスに設けられた席にリュファスは来なかった。

オディールはとっくに飽《あ》きてお昼寝《ひるね》からの夕寝《ゆうね》モードだ。

これは夜中に目が覚めてうるさくなるパターン。

起こしに行くべきかと顔を上げると、すぐに、メイドがお茶の入ったポットを持ち上げる。

部屋付きのメイド達はにこやかにお菓子《かし》とお茶のお代わりを勧《すす》めてくれたけれど、私が本当に聞きたいことをごまかしたいという意思が顔面に張り付いていた。

つまり、リュファスが顔を出すことはないのだろう。

約束をすっぽかされたことは全然気にしていない、と再三念押しをしてテラスを辞する。

部屋に戻《もど》れば、暖炉に薪《まき》がくべられている。いくらクタールが魔術《まじゅつ》を誇《ほこ》る家柄《いえがら》でも、日暮れを超《こ》えて冬の寒さから城全体を春の陽気で包み続けるというのは無理があるらしい。

春の夜がそうであるように、じんわりと忍《しの》び寄《よ》るような冷気が部屋の隅《すみ》にうずくまっていた。正直、健康と言いがたい体にはこたえる。

沈《しず》みそうな絨毯《じゅうたん》を踏《ふ》みしめながら、ここに滞在《たいざい》し始めてからのことを考える。

リュファスに対する使用人達の態度を思うと、この状態がこれからもクタール家で続くというのなら、とてもではないがトラウマを回避《かいひ》して更正《こうせい》なんてできそうもない。

それこそクタール家に嫁《とつ》いで四六時中守ってやるのでもなければ。あるいは婿《むこ》としてダルマス家に引き取るか。

だが、たとえ婚約《こんやく》したとしても結婚《けっこん》はまだ先のこと、つまりは不可能だ。

婚約してもしなくてもリュファスを救えないのなら、このまま自分の魔力《まりょく》についてはぐらかし続けて婚約の話自体を遠ざけるのが最適解、なのだと思う。

飲み込みきれない苦さが喉《のど》の奥でわだかまっている。

せめて最後に、何か、希望のような物を探したかった。

「アン、リュファスの部屋にお伺《うかが》いしたいの。ほんの少し時間をいただきたいとお願いできないかしら」

「かしこまりました。こちらでお待ちください」

アンは理由を聞くこともなく一礼してスタスタと部屋を出て行った。

部屋から窓の外を見てしまうのは、ジゼルとしての癖《くせ》のようなものだ。ダルマスの館と違《ちが》ってクタール家の館には薔薇《ばら》がない。

代わりに、珍《めずら》しくてオリエンタルな花がたくさん植えてある。

可能なら二度と来る気はないが、夏の睡蓮池を見られないことは少しだけ残念だ。

「……?」

磨《みが》かれた窓に顔を寄せる。それでも確認《かくにん》しきれなくて、重い窓をゆっくりと開く。

「嘘《うそ》、」

睡蓮池の真ん中に、植物以外の色彩《しきさい》があった。

最初は大きな鳥でもいるのかと思った。そして、次には隣《となり》の木に布でも引っかかっているのかと。だが、三度瞬《まばた》きして確信してしまう。

リュファスが小さな背を丸めて睡蓮池に入っていた。すでに外気は肌寒《はだざむ》く、暖炉には火を入れるほどなのに、リュファスは上着も着ていない。

そもそも、池の水は魔術の恩恵《おんけい》を受けていないはずだ。子どもがあんな冷たい水に浸《つ》かり続ければ低体温症《ていたいおんしょう》で死んでしまってもおかしくない。

一瞬、足を向けることを躊躇《ちゅうちょ》した。そして、今、一瞬でも躊躇した自分にぞっとする。

リュファスが死ねば、全部解決するのに、そんなことを。

たった今、ユーグとクタール家の行いに目をつぶろうとした自分が正義ぶるのは滑稽《こっけい》だ。

だが、目の前で子どもを見殺しにするのはいくらなんでも寝覚《ねざ》めが悪すぎる。

淑女《しゅくじょ》らしからぬスピードで階段を駆《か》け下《お》り、花のない中庭を突《つ》っ切《き》る。

「リュファス！」

「……」

振《ふ》り返《かえ》ったリュファスの顔は真っ青で、唇《くちびる》は紫色《むらさきいろ》だった。

全身が震《ふる》えて、動きがぎこちない。こちらに足を進めようとして、数歩、歩いたところで睡蓮池の泥《どろ》に足を取られたのか転倒《てんとう》した。リュファスの藍色《あいいろ》の上着が泥水《どろみず》に浸かって黒くしみていくのが見えて、悲鳴を噛《か》み殺す。水に浸かってはいけない、これ以上体温を奪《うば》われるようなことがあれば、本当に死んでしまう。

睡蓮池に一歩踏み出すと、防水加工なんてされていない革《かわ》と布の靴《くつ》に容赦《ようしゃ》なく池の水がしみこんでくる。痺《しび》れるような冷たい水に足が切り裂《さ》かれてしまいそうだ。なんとかして自分と同じくらいの身長の骨細な体を引き上げる。

「リュファス、しっかり！」

「……エール……」

主神の名を呼んで、リュファスは意識を失ったらしかった。

庭の騒《さわ》ぎに使用人達がまばらに集まり出す。令嬢《れいじょう》の汚《よご》れたドレスと、真っ青になったリュファスの姿にぎょっとして立ち止まった。

私は急いでリュファスにショールをかけて抱きしめる。昨日に続き二度目になるドレス越《ご》しに伝わる水の冷たさに早くもこちらの歯がかち合わなくなる。水と同じ温度の人の肌《はだ》に、寒さのせいだけでない鳥肌《とりはだ》が立つ。

「何をしているの、すぐにリュファスを部屋に運んで！」

「は、はい！」

庭師だろうか、体格のいい使用人が睡蓮池へ踏み込んでリュファスを引き上げる。

「お嬢様《じょうさま》！」

アンが珍しく焦《あせ》った表情で走ってくる。そういえば、部屋でアンを待つはずだったのだ。

アンに手助けされながら立ち上がり、リュファスを抱《かか》える使用人を見ていると使用人は何を思ったか不思議な笑《え》みを見せた。媚《こ》びるような、威嚇《いかく》するような笑みだった。

「いえいえ、大丈夫《だいじょうぶ》ですよ、ジゼル伯爵令嬢《はくしゃくれいじょう》。リュファス様はこう見えてやんちゃな坊《ぼっ》ちゃんでして、ちょっと今日は。まぁ、吃驚《びっくり》されたでしょうけどね。ええ、すぐに元気になりますとも」

令息をこんな状態で放置していたことを責められたと思ったのかもしれない。あるいは、ドレスを汚させたことをクタール侯爵経由で叱《しか》られると思ったのだろうか。

間違《まちが》いなく、目の前の男が口にしたのは保身だ。腕《うで》の中のリュファスはもちろん、ジゼルのためでもなんでもない。まだ十四歳になったばかりの少年が死にかけているというのに、そのことに胸を痛める人間がこの家には一人もいないのか。

「この家では」

声を振り絞《しぼ》るのに呼吸が必要だった。

「この家では、こんな子どもが、冬の池に入るのを……神の名を呼んで、こんな場所に一人でいることを！　やんちゃと言って済ませるのですか⁉」

不意に、脳裏《のうり》にオディールの言葉が浮《う》かんだ。

『お姉様、私をすまきにしてまで正しい行いを説いたお姉様が、この家の方々がリュファス様にしていることをよしとするなら、私、お姉様をけい、けいべつします』

オディールがいなかったら、自分がこんな人間と同じ場所に落ちていたのかと思うとぞっとした。隣でアンが腕をつかみ、爆発しそうな感情が一気に醒《さ》めていく。

「……お嬢様は私が。あなたは早くリュファス様を」

「ええ、はぁ」

気の抜《ぬ》けた返事を残してリュファスを抱えた使用人がのろのろと中庭を歩いて行く。

遠巻きに眺《なが》めていた使用人達は、目が合うとばつが悪そうにそっぽを向いてそれぞれに逃《に》げ出《だ》してしまった。

「……ジゼルお嬢様、部屋に戻りましょう。お体にさわります」

「ええ、アン。ありがとう」

感情のまま怒鳴《どな》り散《ち》らしたって、リュファスの立場が良くなるわけではない。彼の容態が一秒を争っている状態で、通りすがりの使用人一人責めて何になるというのか。

ましてや保身のためについさっきまでリュファスへの仕打ちを見て見ぬふりしようと思っていた人間に、我が身可愛《かわい》さに見殺しにしようとした人間に、彼らを責める資格などない。

何が、希望のような物だ。

私がリュファスと婚約しようがするまいが、リュファスの境遇《きょうぐう》は変わらない。きっとこのまま、死にかけてさえ誰《だれ》にも顧《かえり》みられることのない侯爵家で、いつか見たシナリオの通りに病《や》んでいくのだろう。

「お嬢様が心を痛める必要はありません」

不意に隣から声をかけられて、アンを見上げてしまう。

いつでもきっちり肩口《かたぐち》で切りそろえられた黒髪《くろかみ》のせいで、すぐ隣のアンの表情は見えない。だが、気を遣《つか》われたのだということはわかった。

「……ありがとう」

どう言葉を返して良いかわからなくて、それ以上何も言えなかった。


連日冬の池に飛び込んで無事でいられるほどこの体は頑丈ではない。

部屋に戻るなり立ちくらみを起こした私は、結局丸一日ベッドの中で過ごす羽目になってしまった。

昨日の光景を思い出すたび罪悪感に押し潰《つぶ》されながら、自室で夕食の粥を流し込む。

窓の外は満月で、中庭を青白く照らしている。そんな中に、オレンジ色の明かりを見つけてしまい、粥が気管に入りそうになる。

嫌な予感に窓際まで駆け寄ると、睡蓮池の枯葉の影と、池の中を動く子どもの影がはっきり目視できた。

駆け出した私の後ろから、アンの足音が追いかけてくる。

「リュファス！」

びくり、名前を呼ばれた影《かげ》が振り返った。

ランプを挟《はさ》んで三人の影が揺《ゆ》れる。

池を背にした侯爵令息と、ランプを手にしたメイドと、それから伯爵令嬢と。

月明かりではよく見えないが、リュファスが回復したとは思えない。

きっと今も紙のような顔色をしているのだろう。

「……ジゼル」

どうして、と。小さな声が聞こえた。

「明かりが、見えた、ので」

息が整わない私の背中をアンがさすってくれる。

「昨日、……あんたが俺を助けてくれたって聞いた」

「声をかけただけです。ですが、今一度リュファスが池へ入るとおっしゃるのなら……」

楽園の野を望んで、自ら冷たい池の水に身を任せるというのならば。見殺しにはできないと助けはしたけれど、生きていればいつか彼のトラウマは救われる可能性もあるのだと説いたところで、誰がそんな戯言《たわごと》を信じられるだろう。

救うこともできないのに中途半端《ちゅうとはんぱ》に地獄《じごく》に引き戻すようなことはむしろ酷《こく》なのではないだろうか。

返ってきた声は、とても静かだった。

「違う、命を自分で絶つつもりはない」

「では何故《なぜ》」

「……エールのペンダントを、この池でなくしたから」

言われて、リュファスの胸元《むなもと》にかけられていたペンダントがないのに気がついた。

なくした、と言うが、一昨日睡蓮池に落下した後、リュファスが自分のペンダントを確認しているのを私は目の前で見ているのだ。

それなのに、この池でなくしたと確信している様子なのは、城の誰かが池へ放り投げたのだろうか。夫人か、ユーグか、使用人達か。

だが、いくら信心深いとはいえ、命を賭《と》してまでペンダントを探すのは……。

口まで出かかって、ゲーム中のリュファスのスチルを思い出す。

金色のペンダントを下げていた。

そうだ、子どもの頃《ころ》から同じペンダントをかけているのだな、と思ったのだ。

「母さんが、俺に遺《のこ》してくれたの、あれしかないんだ」

心臓が嫌《いや》な音を立てる。

池でリュファスを見てから、ずっと考えていたことだ。

これは元々あったイベントなんだろうか、と。

私がいなければ、ユーグは枯れた睡蓮池を見に来たりしなかっただろう。

リュファスもオディールを助けるために空中庭園から飛び降りたりしなかったはずだ。

魔術を使って池に派手に着水したことを使用人達もユーグも目撃《もくげき》している。

私達姉妹《しまい》の存在のせいで、元々安定していないらしいクタール侯爵夫人のメンタルがさらに悪化しているのではないか。そのせいでリュファスが一番大切にしていたペンダントに手を出したとは考えられないか。

「魔術を使わないのですか？」

「使えなくされてる」

淡々《たんたん》と答えて、首元のチョーカーに触《ふ》れた。

一昨日の昼まではなかった、大粒《おおつぶ》のエメラルドを使った装飾品《そうしょくひん》だった。どこまでもシンプルなリュファスの服装とは不似合いだ。封印用《ふういんよう》の魔道具《まどうぐ》ということだろう。

「一昨日、オディールを助けたせいで……？」

思い返してみれば、昨日の夕方、池で倒《たお》れていたリュファスの首にはもうこのチョーカーがあった。つまり、一昨日の昼の騒動《そうどう》があってから、クタール侯爵夫人によって着けられたということだろう。

小さな悪役令嬢《あくやくれいじょう》こと野生児の妹が無茶をすることを承知で、せめてましだろうと護衛に、なんて提案をしてしまったのは私だ。

「どう考えても違うだろ。この屋敷《やしき》の人が、おかしいからだよ」

優《やさ》しい微笑《ほほえ》みで、まだ幼い少年が首を横に振った。こんなに悪辣《あくらつ》な環境《かんきょう》で、こんなにまっすぐな目をした少年を、見捨てるなんて許されるんだろうか。

（オディールなら絶対に許さない）

せめて何か、何か手助けできないだろうか。

「リュファス」

まだ何かあるのか、とリュファスが振り返る。

リュファスの隣に並び、池に指先をつける。身を切るような冷たさに奥歯《おくば》を一回食いしばった。水面に触れ、睡蓮池の底まで魔力を注いでいく。

「！」

ガラスをはじいたような硬質《こうしつ》な音が響《ひび》く。

水面にさざ波が立ち、次の瞬間《しゅんかん》、水の中で氷の薔薇が立ち上がる。

舞台《ぶたい》装置のように透明《とうめい》な薔薇はゆっくり浮上《ふじょう》し、冷たい水を滴《したた》らせながらやがて睡蓮池を埋《う》め尽《つ》くした。

池一面の氷の薔薇が月光にキラキラと光る。

ため息が出るほど幻想的《げんそうてき》な光景だが、よく目をこらせばそうとは言いがたい。

氷の薔薇には睡蓮の根や、池の底のゴミがひっかかっている。

「！　あった」

リュファスが身を乗り出し、中《なか》ほどの薔薇を指で示した。

確かに、月光に金色のペンダントが光っている。

よく確認して、ペンダントの載《の》っている薔薇以外を水に戻した。

水面に一本だけ残った薔薇が、キラキラと光りながら浮いている。

池の水面に一度だけ波が立って、その波に押されるように薔薇は岸辺までたどり着き、力尽《ちからつ》きたように砕《くだ》け散った。

リュファスが膝《ひざ》をついてペンダントを拾い上げる。リネンで泥をぬぐうと、主神エールを浅く彫《ほ》ったペンダントが月光にもう一度煌《きら》めいた。

「……ありがとう、ジゼル。でも、今のは」

リュファスが視線を送る先には、さっきまでの光景が嘘のように静かな水面が広がっている。枯《か》れた睡蓮の葉だけがゆらゆら揺れている。

「親族の皆様《みなさま》には、どうか内密に……」

「あいつらに魔力があるなんて知られても、ろくなことにならないしな。約束する」

皮肉げに口元を歪《ゆが》めるリュファスの瞳《ひとみ》には、暗い影が宿っている。

また、私は彼をここに置き去りにするのだという罪悪感で胸が痛んだ。

「生きてさえいれば」

ぽつり、自分でも意識しないまま言葉が出た。リュファスの視線で我に返る。

何も考えずに口にしてしまったので、慌《あわ》てて次の言葉を探す。

何か、希望のある話をしたい。

未来に現れるとも知れない少女の話だとか。

真っ白な仔猫《こねこ》のように頼《たよ》りなくて温かいものの話をしたいのに。

「生きてさえいれば、いつか。いつかきっと、報《むく》われる、日も来ると」

今まさにこの世の地獄を味わっている子どもに、伯爵家でぬくぬくと生きている令嬢が言う。自分で言っていてあまりの寒々しさに嫌気《いやけ》が差してきた。

生きてさえいれば、私が言うその言葉の苦さは、きっと理解はされないだろう。

私が十九歳で死ぬことは、私しか知らないのだから。

オディールを再教育し、魔力の自家中毒を治した暁《あかつき》には、幸せな結末というものが見られるんじゃないかと、あてもなくもがいている。

「私はそう信じて、生きています」

とうとう足下の花しか見ることができなくなった私の頬《ほお》に、冷たい手が触れた。

顔を上げると、リュファスがじっとこちらを見ている。その表情に笑みはなかったけれど、敵意や悪意は感じられなかった。

ゆっくりと、細くて冷たい指が頬を撫《な》でて、頭を撫でた。

血の気が引いた青白い肌と、体温をどこかに置いてきてしまったような指先に、彼がまだ全く回復できていないのだと嫌でも理解させられる。

そんなぼろぼろの彼に、私の方が慰《なぐさ》められているらしい。

もう情けなくて涙《なみだ》が出そうだった。

どれくらいそうしていたのか、リュファスが一歩引いてペンダントを自分の首にかけた。

もう二度と彼の元を離《はな》れることがないよう、心の中で祈《いの》る。

「ありがとう、ジゼル。主神エールの祝福があらんことを」

「……リュファスにも、主神エールのお導きがあらんことを」

導きが、彼の幸福であるようにせめて祈って、頭を下げた。

月明かりの綺麗な夜だったから、ランプの明かりだけでも足下に不安はなかったけれど、夜の暗がりを照らすことなどできない。

水の魔力を使いすぎたせいで、心臓から冷たい血が体内を巡《めぐ》る。体中が体温を上げようと震えている。

視界がぐるぐると回り、アンに半分体を預けながら部屋を目指す。

アンが、隣で何か声をかけていたけれど、私の耳には言葉として届かなかった。

そんな状態だったから、私は気づくことができなかった。

私が意識を手放すその瞬間まで、庭の片隅《かたすみ》、回廊《かいろう》の柱の陰《かげ》で、一部始終を見ていた影があったことに。

オディール嬢の憂鬱

ジゼルが倒《たお》れたという報告を受けてからから丸一日、オディールはジゼルの寝室《しんしつ》の続きの間から動こうとはしなかった。

視界でアンやメアリが忙《いそが》しく動き回るのにも、医者がぎょっとして目を見開くのにも構わず、衝立《ついたて》の横に一人用のソファを用意させて繭《まゆ》を張った蚕のようにじっと膝《ひざ》を抱《かか》えていた。

オディール＝ダルマスの姉、ジゼル＝ダルマスという人は、とにかくか弱い女性である。部屋を出ることの方が稀《まれ》で、庭に出る回数なんて一年に片手で足りるほどだった。

窓を開ければ風邪《かぜ》を引き、食堂の扉で骨折し、朝食に出た水が冷たかったという理由で楽園の門をくぐりかけるほど貧弱《ひんじゃく》だった。薔薇《ばら》につくアブラムシの方がよほど頑丈《がんじょう》だ。

遠くから見かける顔はいつも青白く、空ばかりを眺《なが》めていた。

オディールの知るジゼルは、庭から見上げた先、一番日当たりのいい部屋の窓越《ご》しの姿だけだった。決してその日が、薔薇園《ばらえん》にいる妹に向けられることはなかった。

赤い薔薇は初夏の陽気に咲《さ》き誇《ほこ》っていたのに、その光景を思い出すだけでオディールは胸がきしむような寒さを覚える。

殻《から》の入った卵料理を食べさせられたような不快感に、歯を食いしばってしまう。

過去形にできるのは、今のジゼルが以前とはまるで違《ちが》う人のようだからだ。

一度も目を合わせようとしなかった幽霊《ゆうれい》のような姉が、突然《とつぜん》パーソナルスペースに土足で踏《ふ》み込《こ》んできたので、ずいぶんと腹を立てたものだ。今だって度々《たびたび》腹を立てている。

（今まで、見向きもしなかったくせに！　私のことも、叔父《おじ》様のことも、ダルマスの家のことだって、何もかも見えないような顔をしていたくせに！）

つたない手つきで築き上げた砂の城を、土足で壊《こわ》されたような苛立《いらだ》ち。

使用人達が明らかに手のひらを返したのも、唯一《ゆいいつ》の頼《たの》みの綱《つな》だった叔父が絶対的な味方にはなってくれなかったのも、卵の殻を次々放り込まれた気分だった。

埋《う》め合《あ》わせをするように毎日毎日会いに来るのも、気に食わなかった。

小言を言いながらずっと隣《となり》にいるのも、うっとうしくてたまらなかった。

好物の薔薇のジャムがなくなったから、代わりに薔薇の飴《あめ》や香水《こうすい》を取り寄せるような子どもだましでご機嫌《きげん》を取ろうとするところも腹立たしい。

ほんのちょっとティーカップを持つ仕草が綺麗《きれい》になったくらいで、妹の成長に嬉《うれ》しそうに微笑《ほほえ》んだ姿を覚えている。正面から見てしまったせいで恥《は》ずかしくてそのままティーカップを投げ捨てたくなった。

授業が嫌《いや》で逃《に》げ出《だ》した日に、使用人と一緒《いっしょ》にオディールを探して、庭で倒れたなんて聞いた日には、人を罪悪感で殺す気なのかと小一時間問《と》い詰《つ》めたくらいだ。

そんなことをしでかしておいて、「怪我《けが》はしてない？　大丈夫《だいじょうぶ》？」だなんて意味のわからないことを聞いてくるのも頭にきた。

血が逆流して心臓が爆発《ばくはつ》するかと思ったのに、何も知らぬ顔をして首をかしげるから、病人でなければもう一時間は説教していた。

いつだって風前《ふうぜん》の灯《ともしび》のような命で、楽園の入り口にいる姉の口から、オディールという名前を、一生分以上聞いた気がしている。

母も父もすでに楽園の門をくぐり、叔父以外の誰《だれ》もダルマスの令嬢《れいじょう》を名前で呼び捨てになんかできないのだ。ジゼルが毎朝名前を呼んでおはようと挨拶《あいさつ》をしてくるから、そんな寂《さび》しいことにまで気がついてしまった。

オディールという孤独《こどく》な少女は、この横暴な姉の気まぐれのせいで、自分が寂しかったことに気がついてしまったのだ。

嫌《きら》いで、嫌いで、大嫌《だいきら》いなのに、楽園の門をくぐりそうになっていると聞けば、ジゼルの側から動くことができなかった。

同じ色のアメジストの瞳《ひとみ》で見下ろして、オディールと呼ぶ声が聞こえなくなるのではないかと思うと、喉《のど》を締《し》め上《あ》げられるような恐怖《きょうふ》が胃の底からせり上がってくるようだった。

「お姉様は私のことがお嫌いなのよ」

膝と腹の間の小さな空間に、七宝《しっぽう》が煌《きら》めくなめらかな宝石箱を抱え込んでいる。

宝石箱には、確かにオディールにとっての宝物が詰め込まれていた。

数十本の赤いリボンだ。

小さな刺繍《ししゅう》を施《ほどこ》した物、ドレスの端切《はぎ》れをリボンに仕立てた物、レースを縫《ぬ》い込《こ》んだ物。どれも少しずつ違うリボンが、ぎっちりと詰め込まれている。

ジゼルがオディールに毎晩届けている薔薇に巻かれた物だ。

しかし、氷の薔薇は溶《と》けてしまう。

姉からの初めてのプレゼントは、あっという間に水になってしまった。

銀の盆《ぼん》にガラスの花瓶《かびん》を置いて、毎晩毎晩なんとかして少しでも冷たい場所へ置いておこうと努力してみるのだけれど、朝には無慈悲《むじひ》にリボンだけが残っている。

魔力《まりょく》を失えばすぐに形を失ってしまうのだ。

たとえ真冬でも、ダルマスの気候では完全な形で保管することなどできない。

それでも、銀の盆に残ったリボンをオディールは集め続けてきた。

時計だけが歯車の音をさせて夜の闇《やみ》へ落ちていく。無慈悲に刻まれていく時間の音を聞きながら、リュファスに言われた言葉を、オディールは何度も何度も思い返していた。

『ほら、あんたの姉さんはあんたのことが好きじゃないか』

池の泥《どろ》にドレスが汚《よご》れることもいとわず、まっすぐにこちらへ走ってくる、か弱い骨細の令嬢。冬空の青さと、水面の煌めきに揺《ゆ》れる瞳には、オディール一人だけが映っていた。抱《だ》きしめられた腕《うで》の強さに息が詰まったし、仔猫《こねこ》のぬくもりが胸をふわふわとしたくすぐったさで満たした。

「私のことを嫌いでないなら、愛しているのなら」

ぐっと眉間《みけん》にしわが寄る。

医者達が話しているのを聞いてしまった。

魔力を使いすぎて、体の方がもたなかったのだと言った。

それなら、今ジゼルが倒れているのは自殺に近い。治療《ちりょう》を兼《か》ねて氷の薔薇を作り出していた彼女が、自身の限界を知らないはずがないのだから。

「どうして私を置いて楽園へなんか行ってしまうの」

とうとう涙《なみだ》がこぼれてしまった。

認めたくなくて、膝に額を押し付けて涙を隠《かく》す。宝石箱を抱いているせいで、胸に箱の角が当たって痛かったけれど、顔を上げることなんかできなかった。

「お嬢様《じょうさま》、ジゼル様が目を覚まされましたよ！」

衝立の向こうから飛び出してきたメアリが弾《はず》むような声を上げる。

メアリの気の利《き》かなさにオディールは憤慨《ふんがい》した。

病人の部屋で大きな声を出すのも非常識だし、そんな声を上げたらすぐそこで眠っているジゼルにオディールが側にいたことがばれてしまう。加えて、主人が哀愁《あいしゅう》をたたえて世界を儚《はかな》んでいる時に雰囲気《ふんいき》を台無しにするのも許しがたい罪だ。

だから、ふんすと鼻息荒《あら》く気合いを入れて、ソファから足を下ろす。

メイドの教育が行き届かないのは家の女主人の責任だ。

つまり、今のところジゼルのせいだ。

なので、この胸のチクチクとした痛みも、飲み込みきれない羞恥心《しゅうちしん》も、喜びに似たときめきも、全部ジゼルが責任をもってオディールに対応する必要がある。

鹿の骨を前にした犬のように能天気なメアリに、オディールは宝石箱を預ける。

「だから言ったのよ、お姉様は主神エールへの信仰《しんこう》が足りないって」

毛足の長い絨毯《じゅうたん》を踏みしめながら、天蓋《てんがい》付きの大きなベッドへ一直線に歩いて行く。

燭台《しょくだい》の明かりに、銀糸のような髪《かみ》の毛《け》が煌めく。日の光を知らないような白い肌《はだ》は、いつか窓越しに眺めた姿と同じだ。

ただ、視線だけがはっきりとオディールをとらえている。

「私を少しは見習うといいわ。ちょっと魔力を使ったくらいで倒れてしまうなんて、情けないんだから！」

「……そうね、オディール」

枕元《まくらもと》へ上半身を投げ出して距離《きょり》を詰めると、ジゼルがまぶしいものを見るように目を細めた。

「心配させてしまってごめんなさい。ありがとう」

「心配！　なんか！　……してません」

想定以上の大声が出てしまって、オディールは口をつぐんだ。

ジゼルは目を丸くしたけれど、オディールをとがめることはなく、ただオディールの赤い髪を撫《な》でている。

やがて疲《つか》れと眠気《ねむけ》が勝ったのか、オディールの頬《ほお》に手をそえたまま、ジゼルは目を閉じてしまった。静かな吐息《といき》が聞こえる距離で、オディールは唇《くちびる》を噛《か》む。

触《ふ》れる手が温かくて、また泣きそうになってしまう。

（私は全くそんなことはないけれど、ええ、そうね。リュファスが言う通り、お姉様は私のことを、愛しているのかもしれないわ）

猫《ねこ》がそうするように、ジゼルのベッドへ体を丸めたオディールも、やがて小さな寝息《ねいき》を立てていた。

背筋の凍るお茶会

ずがないのだ。
家の女主人がお茶をご一緒《いっしょ》にと言うのなら、格下の客人である子どもに否《いな》やなどあるはずがないのだ。

ましてや、体調不良でベッドに伏《ふ》していた二日間、それはもうもったいぶって貴重な薬だの果物だのを銀の皿に恭《うやうや》しく盛っていただいた身としては断る口実も絞《しぼ》り出《だ》せない。

わざわざ近隣《きんりん》から腕《うで》のいい医者を呼び寄せたりもしてもらった。

平身低頭、心からの感謝を述べて礼儀正《れいぎただ》しく平和に幕が引けるよう、鏡の前で笑顔《えがお》の練習をするのみである。今日も元気に部屋を飛び出していったオディールに、心の底からついていきたいと思った。

庭が見えるテラス席は春の陽気の暖かさで、この城が古い魔術師《まじゅつし》達の技術が詰《つ》まった物だと客人に見せつけるに十分な偉容《いよう》を誇《ほこ》っている。

視界の中で、睡蓮池《すいれんいけ》だけが冬の景色で重く冷たく沈《しず》んでいる。月光の下、青白い顔をしたリュファスを思い出すだけで、指先が冷えるような感覚にこっそりと手を握《にぎ》り合わせた。

「体調はいかが？　ジゼル。ユーグもずいぶんと心配していたのよ」

クタール侯爵《こうしゃく》夫人に促《うなが》されて視線を動かせば、気遣《きづか》わしげなユーグの表情が見えた。初対面の時とは違《ちが》う、少し砕《くだ》けた感情の見える微笑《ほほえ》みにこちらも笑顔を返すことができる。やはり先日、あの水門の模型の話が弾《はず》んだのが良かったのだと思う。

魔力《まりょく》がないという一点だけで才能や未来、人格まで踏《ふ》みにじられ否定されたユーグが歪《ゆが》むのは必然だ。

（そう、彼に必要なのは理解者！　友達！　そうやって健全な精神と肉体を手に入れれば弟いじめとかに走らないでゆくゆくは明るいお隣《となり》さんとしてお付き合いができるかも！）

心の中でぐっと拳《こぶし》を握ってしまう。

婚約者《こんやくしゃ》内定からの死亡ルートだけは避《さ》けたい。あとできればご家庭の事情が複雑すぎる義実家も遠慮《えんりょ》したい。

今日のお茶会にもリュファスの席は用意されていない。もはやごまかす気もない女主人の優《やさ》しい微笑みが、春の陽気の魔術《まじゅつ》を貫通《かんつう》して背骨に刺《さ》さるようだ。

「明後日、親しい友人をお招きして、夜会を開こうと思っているの。プライベートなものだから、あなた達も参加してくれると嬉《うれ》しいわ」

「お気遣いありがとうございます、クタール侯爵夫人」

通常、成人していない子どもは夜会に出席することはできないものだ。

オディールが聞いたら大はしゃぎするだろう。

ちなみに小さな野生児令嬢《れいじょう》は、本日もリュファスのナイトとして過ごしている。

リュファスの魔力が封《ふう》じられている今、前回のように彼の助けは期待できない。怪我《けが》をすることのないよう、おとなしくしてほしいとお願いしたけれど、命に関わりない怪我ならもう許容範囲《はんい》と思う方向に切《き》り替《か》えた方が私の胃痛的にいいような気がしてきた。子ども、すぐ自分から死にに行く、何故《なぜ》。

ちらりと、クタール侯爵夫人の顔をうかがう。

家のことはすべからく女主人の元へ報告が行っているはずだ。

空中庭園から落ちたという大事故について、一切《いっさい》触《ふ》れてもこないので確信を持って意図的だと判断できる。

ティーセットは東洋趣味《しゅみ》の白磁と藍色《あいいろ》の花柄《はながら》が美しいもので、ティーポットからは花の香りがした。

（うわぁ）

いつぞや、薔薇《ばら》の下の秘密のお茶会で、勧《すす》められた物と同じ香りだ。

クタール領の名物だったりするんだろうか。芳香剤《ほうこうざい》をそのまま注いでいるかのごとく強い香りがするので、とてもではないが飲む気がしない。

ユーグは特に気にした様子もなく飲んでいる。クタール侯爵夫人も同様だ。

あまりにも貴族的な意味で面の皮の厚い二人なので、表情から味をうかがうことはできないが、匂《にお》いがだめなだけで味はおいしかったりするんだろうか。

(主催者《しゅさいしゃ》が手ずから淹《い》れたお茶を飲まない選択肢《せんたくし》はないかぁ)

意を決して息を止め、乙女《おとめ》ちっくなピンクの液体を一口含《ふく》む。

「……‼」

その瞬間《しゅんかん》口の中に広がった地獄《じごく》をなんと呼ぼう。

最初に鼻孔《びこう》を突き抜《ぬ》けたのは芳香剤の原液のようなわざとらしく甘ったるい香り。次に舌に感じたのはえぐみと苦み。ニラ科の雑草を口に入れたような辛《から》さと青臭《あおくさ》さ、それらが最初の甘い香りと混ざって口中を蹂躙《じゅうりん》する。

とっさにナプキンをつかんだせいで銀食器がぶつかって盛大《せいだい》な音を立て、向かい側の二人が目を丸くするのが見えた。

「お嬢様《じょうさま》！」

「ジゼル嬢《じょう》‼」

ユーグが席から立ち上がり、アンが珍《めずら》しく慌《あわ》てた様子で駆《か》け寄《よ》ってきたけれど、耐《た》えきれず口の中のピンクの液体をナプキンに吐《は》き出《だ》してしまう。

吐き出してしまえば、甘い香りが残るだけで、舌や口内に違和感《いわかん》はない。まるで口の中に入れている間だけ発動する呪《のろ》いのようだ。そんな呪いが存在するんだろうか。

「ジゼル嬢、大丈夫《だいじょうぶ》か？　やはり体調がまだ……」

ユーグが気遣わしげにのぞき込んでくるが、さすがにリバースしたナプキンを握りしめた状態で攻略《こうりゃく》対象男子の前に立ちたくないのが乙女心だ。

「大丈夫です、ユーグ様。申し訳ありません、クタール侯爵夫人、せっかく淹れてくださったのに」

「ええ、気にしないで頂戴《ちょうだい》」

にっこりと、テーブルの向かい側でクタール侯爵夫人が笑う。

まるで、目の前で起こった無礼など気にしないというように。あるいは。

「……母上？」

ユーグがいぶかしげに顔を上げる。

あるいは、それが起こることを知っていたような、笑顔。招待客がお茶を吐き出すなんて異常事態に気遣うそぶりどころか立ち上がる気配も見せない。

強《し》いて言うならとても、とても満足げな。とろけるような笑《え》みを浮《う》かべていた。

「イリスもね、このお茶を飲むことができなかったの。匂いがひどくて飲めた物ではないって言っていたわ。懐《なつ》かしいこと」

「何を、」

花畑の真ん中で春を語るような、少女の笑みを浮かべる貴婦人に、震《ふる》える唇《くちびる》からかろうじて問うことができたのはため息のような一言だけだった。

「ユキアサガオのお茶を飲むのは初めて？　花を乾燥《かんそう》させて、お茶の香り付けに使うのよ。花の持つ成分が魔力を持つ人の感覚をおかしくすると言われているの。本人の持つ魔力の強さによって感じる香りや味が違うから、お客様にお出しする時は気を遣《つか》うわ。このくらいの分量なら、お茶に混ぜても私は平気だけれど」

「‼」

悪夢のようなお茶の余韻《よいん》で頭がうまく働かない。だが、自分が地雷《じらい》を踏み抜いてしまったことはわかった。淀《よど》んだ水底のような瞳《ひとみ》をしたクタール侯爵夫人も、物言いたげな顔で私を見下ろすユーグも。

魔力を測定するための機械のようなものはなくとも、こんな原始的な方法で魔力の強さを推《お》し量《はか》ることができるのか。あの薔薇の下のお茶会でこのお茶が出されたのは、遠くから目と耳だけで私の魔力を確認《かくにん》するためだったと悟《さと》る。一般的《いっぱんてき》な貴族令嬢であれば、主催者に供されたお茶を一口も飲まないなんて無礼はしないはずだ。

リュファスが匂いがきつすぎて飲めないと言ったお茶。同じく、香りが強いと答えてしまった私。魔力に応じて感じる匂いがきつくなるのなら、アンは気づくことができなかったのだろう。ユーグが平然と飲めていたのも頷《うなず》ける。

「コップ一杯《いっぱい》を凍《こお》らせるのがやっと、だったかしら。可愛《かわい》らしい嘘《うそ》だこと。恥《は》ずかしがり屋さんなのね、ジゼルは。そういうところは、小さい頃《ころ》のイリスにそっくりだわ」

ゆっくりと、赤い唇に薄桃色《うすももいろ》の液体が流れ込んでいく。

悪夢のような光景を、ただ指先を震わせて見つめることしかできない。

(何か、何か言わなくちゃ)

「睡蓮池は冷たかったでしょう？　ジゼル」

「!!」

唇を三日月の形にして、貴婦人は上品に微笑んだ。

「冬とはいえ、その年で池を底まで凍らせるなんて、いつかは聖女様にも届くかもしれないわ。あの晩、あなたを見て確信したのよ。あなたは私の愛したイリスが、私に遺《のこ》してくれた贈《おく》り物《もの》だと」

見られていた。よりによって、一番見られてはまずい人に。

次の台詞《せりふ》は『ユーグのお嫁《よめ》さんになって』だろうか。だが、視界の隅《すみ》で小さく震えているユーグの肩《かた》が見えてしまう。針を飲み込む覚悟《かくご》で視線を上げると、母親を見上げるユーグの目に光がない。

(だめ、これ以上は絶対だめ。これ以上母親に否定されたら、今度こそユーグは)

だがしかし元凶《げんきょう》は私だ。保身のためについた嘘が剥《は》がされた以上、私は責を負うべきなのだろう。だが、お互《たが》いの信用がマイナスから始まる婚約《こんやく》なんてどう考えても死亡ルートへの花道しか見えない。

（こんなの私もユーグも絶対幸せになれない。不幸しか生まない）

なんとかしてクタール侯爵夫人の口を塞《ふさ》ごうと無意味に足を踏み出したところで、体がこわばっていたせいで足がもつれてしまう。自業自得《じごうじとく》の後ろめたさが、タイルの冷気ごと膝《ひざ》からせり上がってくる。

「ねぇ、ジゼル」

彼女以外は誰も着席していないテーブルで、クタール侯爵夫人は目を細めて笑った。

「あなた、リュファスのお嫁さんにならない？」

「……は、い？」

言葉の意味がわからなすぎて、足が痛いとか床《ゆか》が冷たいとか一切が吹《ふ》っ飛《と》んでしまった。

お似合いだと思うのよ、聞き間違《まちが》いでないことを念押しするような笑顔が背骨を締《し》め上げるようだった。

ユキアサガオ茶の後味による体調不良を訴《うった》えて、よろめきながら自室に帰った私を出迎《でむか》えたのは叔父《おじ》の熱烈《ねつれつ》なハグだった。胸筋に頭が跳《は》ね返され、意識が飛びかけた。

「ジゼル！　また倒《たお》れたと聞いたよ、大丈夫かい⁉　あと一歩で門をくぐるところだったというじゃないか！　今も顔が真っ青だ……可哀想《かわいそう》にっ！」

「大げさです叔父様。私は元気ですよ。きっとドレスの色のせいでしょう」

お茶会に来ただけなのにそこかしこに楽園への門が開きまくっている。ここは地獄か何かなのだろうか。

お茶会で起きたことを報告しようと顔を上げて、叔父がずいぶんと疲れた顔をしていることに気がついた。

「一角商会で大きなトラブルがあったんですか？」

思えばクタールに着いてからこちら、叔父とは全く顔を合わせていない。

叔父は口を引き結んで難しい顔で私を見下ろしていたが、やがて深いため息をついた。

「まぁ、ね。その件も含めて今朝、クタール侯爵家から正式に打診《だしん》があった。お前をリュファス様の妻としてクタール侯爵家へ迎《むか》え入《い》れる、とのことだ」

本人より先に後見人に連絡《れんらく》が行っていたらしい。

しかし、打診というよりは命令、あるいは脅迫《きょうはく》のような強い言い方に違和感を覚える。

「今回のトラブルと私の婚約に、何の関係が？」

「お前に知らせるつもりはなかったんだが……当事者が事情を知らないのも酷《こく》だろう」

ゆらりと、風もないのに燭台《しょくだい》の炎《ほのお》が揺《ゆ》れた気がした。

「半年前、ユーグ様が食中毒を起こしてね。侯爵夫人は毒を盛られたせいだとして、この家から親族の魔術師を皆《みな》追い出したんだ。その際に使われた毒が、一角商会のものだと通達があったんだよ」

「そんな！　ユーグ様を殺して商会に何の得があるんですか？」

「もちろん、得などないさ。だが、実際に当時のユーグ様の症状《しょうじょう》と合致《がっち》する薬を売った記録が帳簿《ちょうぼ》にある。睡蓮に使う農薬だ。この城の睡蓮、『ユーグ』のためのね。万が一にも枯《か》らすわけにはいかないから、品種改良をした園芸家に直接依頼《いらい》した特注品だったんだが……おかげで言《い》い逃《のが》れもできない。何をどうすれば侯爵令息の口に入るんだか」

ため息が深い。侯爵令息の毒殺に手を貸したとなれば、勢いがあろうが金があろうが商会のダメージは計り知れない。商会長として責任を問われて投獄《とうごく》される可能性もある。

「疑いを不問にする代わりに、侯爵夫人から提案された『解決策』が今回の婚姻《こんいん》というわけだ。……ふざけやがって」

ただでさえ悪人面《あくにんづら》の叔父の口から、地獄の底を這《は》い回《まわ》るような低い声が出た。

紛《まが》う方なき脅迫だが、クタール侯爵夫人は何故そんな提案をするのだろう。

ジゼルはダルマス伯爵家《はくしゃくけ》の嫡子《ちゃくし》だ。クタール侯爵家に嫁入《よめい》りしたからといって、伯爵位の継承権《けいしょうけん》が失われるわけではない。それに、女伯爵の夫には形式上だが『伯爵』の称《しょう》号《ごう》が与《あた》えられるのだ。

ただの庶子《しょし》ではなく伯爵位をもって魔術院《まじゅついん》へ入り、功績と名声を手に入れれば、いずれ爵位《しゃくい》継承の際、貴族院の判断でリュファスがクタール侯爵位を手に入れる可能性が高まる。

ユーグを侯爵家の跡取《あとと》りにしたいのなら、このままリュファスを飼い殺しにしてしまう方がよほど安全だろうに。

もしかして、クタール侯爵の提案なんだろうか。

「クタール侯爵家から、ということは、侯爵様はこの件を承諾《しょうだく》されたのですよね」

「ん？　ああ、どうだろうな」

叔父の言葉の歯切れが悪い。

そういえば、叔父とクタール侯爵は一緒に留学までした仲だとアンが言っていた。

「叔父様、私、一度もクタール侯爵様にお目にかかったことがないのですが、どんな方なんですか？」

「あいつ、また帰ってきてないのか。……まぁ、そうだろうな。ロドルフォは、なんというか、小心者だから」

ロドルフォ――クタール侯爵のファーストネームだ。本当に親しい仲らしい。

深々とため息をついて叔父が苦笑《くしょう》する。

「王国の杖《つえ》、魔術院の中核《ちゅうかく》、杖持つ守護者。いずれもクタール侯爵家の異名だ。最前線で戦う優秀《ゆうしゅう》な魔術師を輩出《はいしゅつ》してきた家だからな。代々の当主も一度は魔術院に所属して、戦場で活躍《かつやく》してきたんだが……」

暖炉《だんろ》の飾《かざ》り彫《ぼ》りは、杖と隼《はやぶさ》を描《えが》いた複雑な家紋《かもん》だ。

「だが、ロドルフォは戦場にたどり着きさえしなかった。途中《とちゅう》まで私も同行したんだが、国境近くの街で逃げ出して、二度と魔術院には戻《もど》らなかった」

あの時はごまかすのに難儀《なんぎ》した、と叔父はため息をつく。

「魔術の扱《あつか》いには長《た》けている。この国で、いや周辺の国を探しても、ロドルフォをしのぐ魔術師はそういない。だが、魔術師として優秀なだけだ。気が弱くて、繊細《せんさい》で、善人だ。虫も殺せないくらいのな。……つまるところ、この家の当主には向いていない」

その繊細な侯爵が、生まれた息子に魔力がないことを一族に詰められて、逃げ続けている。逃げた結果生まれたのがリュファスだったのだろうか。

「婚外子《こんがいし》の件で夫人に負い目があるとはいえ、家の権限をほとんど譲《ゆず》っているし……近頃《ちかごろ》は内政までユーグ様が代行しているようだから、あいつはあてにはならんな」

名ばかりの侯爵では、昔のよしみを伝って撤回《てっかい》をお願いするのは難しそうだ。

憂鬱《ゆううつ》な未来に眉間《みけん》にしわを寄せていると、叔父が微笑んで私の肩に手を置いた。

「まぁ、いざとなれば商会を手放せばいい話だ。お前の望まない結婚《けっこん》なんか、この私が許すと思うのかい？」

「そんな、叔父様……！」

商会を手放すと言うのは簡単だが、一角商会は王国に広く販路《はんろ》を持っている大きな商会だ。

もしも取り潰《つぶ》されれば、多くの従業員が路頭に迷うだろう。

侯爵夫人の意図は不明だが、商会を脅《おど》してでも、魔力の強い貴族の娘を手駒《てごま》にする必要があったのだ。私が侯爵夫人の企《たくら》みを回避《かいひ》できなかったせいで、不幸の連鎖《れんさ》のようなことは起こってほしくなかった。

リストラの恨《うら》みで背後から刺されるイベントに怯《おび》えたくはない。

「私なら大丈夫です。リュファスに会いましたが、いい子でしたよ。いずれどこかに嫁《とつ》ぐか、婿《むこ》を取るかしなくてはならないのですから。侯爵家に縁《えん》ができるなら、喜ばしいことではありませんか」

安心させるように叔父の手を取って笑ってみせる。

姪《めい》の笑顔を見下ろして、叔父が耐えきれないというように涙《なみだ》をにじませた。悪人面なので眉間にしわを寄せた顔がひたすら怖《こわ》い。

「だからお前にこの話をしたくなかったんだ。お前は優しいから、きっと自分を犠牲《ぎせい》にすることを選んでしまう……どうしてそんなところまで義姉《ねえ》さんに似てしまうんだ」

抱《だ》きしめられると筋肉で窒息《ちっそく》しそうだ。

かろうじて見える視界に、小さな生き物が丸くなっているのが見えた。

薔薇色《ばらいろ》の巻き毛が規則正しく上下している。

昼間はどこを冒険《ぼうけん》してきたのか、オディールは疲れきって眠《ねむ》ってしまったらしい。

ソファですやすやと丸まって眠る姿は、それこそ先日見た仔猫《こねこ》のようだ。安らぎが毛玉の形をして寝息《ねいき》を立てている。

「オディールを起こした方がいいかしら。ソファで寝《ね》ていたら風邪《かぜ》を引いてしまうわ」

「ジゼルお嬢様！　わ、私がお連れします！」

控《ひか》えていたメアリがぴょっこりと顔を出した。

「ジゼルお嬢様がお倒れになっている間、ずっと心配して眠れなかったようですから。このまま休ませてあげてください」

「オディールが？」

少なくとも。私を心配してくれたという、少しずつ野生から戻ってきているらしい妹くらいは、無事に連れて帰らなくては。

私は痛む頭を押さえながら、夜空の月を見上げることしかできなかった。

月夜の独り言

金の鎖《くさり》がキラキラと揺《ゆ》れる。

振《ふ》り子《こ》のように目の前を行き来する見慣れた金色を見つめて、リュファスは小さく咳《せき》をした。燭台《しょくだい》の明かりもない月明かりばかりの薄暗《うすくら》がりの中、コホコホと、空虚《くうきょ》な音だけが部屋の中に響《ひび》く。

孤独《こどく》だけが砂時計のように降り積もる部屋で、金のペンダントを見つめていた。

金といっても黄金ではない。ただの、金メッキだ。神殿《しんでん》で売っている安物。

それでも、亡《な》き母が息子《むすこ》の健康と無事を祈《いの》って、祈祷《きとう》してもらったたった一つの証《あかし》だ。

鎖を引きちぎられた痛みと熱が首の後ろに思い出されて、リュファスは身震《みぶる》いする。

睡蓮池《すいれんいけ》から引き上げられ、泥《どろ》だらけのダルマス姉妹《しまい》が使用人達に連れられて行くのと、クタール侯爵《こうしゃく》夫人が中庭へ現れるのは同時だった。

おそらくはどこかから様子を見ていたのだろう。怒《いか》りに震《ふる》え、血の気が上った顔は赤黒くさえあって、いつだったか神殿で聞いたおとぎ話の化け物のようだと思った。

『何故《なぜ》お前がここにいるの』

答えに困った。オディールに連れ出されたからだ。ついでに、池に落ちたのはオディールを助けるためだし、ジゼルが泥まみれになったのはオディールを心配したせいだ。

落ち度はない。それどころか、客人である伯爵令嬢《はくしゃくれいじょう》の命を救ったのだから大活躍《だいかつやく》だ。

ただ、常であれば存在を無視される扱《あつか》いを受けているので、こんなに正面からにらみつけられて何を言えばいいかわからなかった。

『何故黙《だま》っているの！　ああもう、忌々《いまいま》しい。その赤い目。どうしてお前なの。どうして、どうしてお前が、あの人と同じ色をしているのよ⁉』

突然肩《とつぜんかた》をつかまれて、バランスを崩《くず》したリュファスの胸元《むなもと》でペンダントが揺れた。

『……お前に、神の、ご加護など』

吐《は》き出《だ》すようにクタール侯爵夫人はつぶやき、ペンダントをつかんで引きちぎり、止める間もなく睡蓮池へ投げ入れた。

『な、にを。何すんだよ⁉』

『誰《だれ》か、この子を部屋へ連れて行って』

ペンダントが投げ捨てられたのだと数秒遅《おく》れて理解して走り出そうとしたところを、いつの間にかすぐ近くまで来ていた騎士《きし》達に取り押さえられる。

散々抵抗《ていこう》したが、鍛《きた》えられた大人達を振り切ることはできなかった。魔道具《まどうぐ》のチョーカーをはめられ、部屋に閉じ込められた。部屋の外で、メイドと騎士がダルマス伯爵令嬢の話をしていたが、結局翌日の昼食を一緒《いっしょ》にとるという約束は叶《かな》わなかった。

騎士達の交代する隙《すき》を見て、ようやく隠《かく》し通路を使って中庭に出たのだ。

睡蓮池の泥はぬかるみ、しみこむ水が切り刻むように冷たかった。

「……綺麗《きれい》だったな」

主神エールの顔もわからないくらい彫《ほ》りの浅いペンダントの向こうに、銀色の月が浮《う》かんでいる。夜空があまりにも似合う、銀色の面影《おもかげ》も。

月光を受ける無数の氷の薔薇《ばら》は、あまりにも幻想的《げんそうてき》だった。

あれからしばらく屋敷《やしき》が騒《さわ》がしく、メイド達の会話に聞き耳を立ててみると、ジゼルが倒《たお》れたのだと漏《も》れ聞こえた。

（俺のせいかもしれない）

あの時、ジゼルの顔色は紙のようだった。見た目通り体が弱いらしい。

冬の冷たさはいつだって簡単に人を楽園に連れて行ってしまう。

（心配、なのに。だめだな、こんなのだめなのに。嬉《うれ》しいなんて、ほんと最低だな俺）

口元が笑ってしまいそうなのを誰にともなく隠したくて、もぞもぞと毛布をかぶり直す。

ただでさえ白いジゼルの肌《はだ》が、夜目にも青白く血の気が引いていく姿は痛々しかった。

それでもリュファスはその横顔に確かに。確かに、ほんの少しだけ、歓喜《かんき》したのだ。

誰もがリュファスをいない者として扱うこの城で、身を削《けず》って手を差《さ》し伸《の》べてくれる者がいるという事実が、関心が、嬉しかった。

存在している価値と意義を踏《ふ》みにじられる毎日で、知らずボロボロになっていた尊厳のようなものが救われた気がしたのだ。

泣きそうな顔で、生きてほしいと願ってくれた骨細の少女を思い出すと、ほんのりと胸が温かい。

（紫色《むらさきいろ》といえば……）

先ほど、顔しか知らないメイド達が置いていった衣装《いしょう》が目に入る。

まるで貴族令息のような、刺繍《ししゅう》で縁取《ふちど》りされた華《はな》やかな衣装だ。色は菫色。

おそらく元はユーグのものなのだろう、針子達が黙々《もくもく》とサイズを直していた。

意味不明に煌《きら》びやかな服を部屋に残されるのも不気味なので、メイド達に声をかけてみたが、怯《おび》えたようにそのまま逃《に》げ出《だ》すだけだった。

相変わらず、リュファスだけがこの城で異物として存在している。

喉《のど》の違和感《いわかん》に咳《せ》き込《こ》んでいると、魔力《まりょく》の動く気配がした。

窓際《まどぎわ》に現れたのは金目の蛇《へび》だ。夜に飛ぶはずのない雀《すずめ》、季節外れのヤモリ、剝製《はくせい》の生き物達が秘密の温室から出張ってきたらしい。

うんざりとした表情を隠すことなく、リュファスはベッドから起き上がった。

「何か用？　俺、今日体調悪いんだけど」

『まぁまぁ、そう邪険《じゃけん》にするものじゃない』

リュファスが窓を開けると、蛇は体をくねらせて粗末《そまつ》な机の上に陣取《じんど》った。その隣《となり》で、雀が体を膨《ふく》らませる。

『本当にひどいわね。暖炉《だんろ》の薪《まき》を見た？　こんな寒い日に、これっぽっちしか薪が入っていないなんて信じられないわ。この半年、結界の補修だってできてないんだから、あっちこっち穴だらけ。隙間風《すきまかぜ》が入り放題だわ。そりゃあ体調だって崩すわよ。侯爵家の血を引く子どもをこんな部屋に閉じ込めて。そうじゃなくたって人道の話よね。この子はまだ子どもなんだから、もっと優《やさ》しくしてやればいいのに』

『やはり父親が違《ちが》うんじゃないか？』

「お喋《しゃべ》りがしたいだけなら余所《よそ》でしてくれ」

いつも以上に不機嫌《ふきげん》な声が出た。

父方の魔力を受《う》け継《つ》げなかったことでユーグが不義の子ではないかと噂《うわさ》されているのは知っていた。どこにでもある、口さがないメイド達のつまらない噂話《うわさばなし》。

夫人がまず浮気《うわき》をして、だからクタール侯爵は外に女を作った、それがリュファスという庶子《しょし》なのだという、不愉快《ふゆかい》な話を嫌《いや》でも耳にした。

（不義とか不貞《ふてい》とか、産まれる前のことになんか責任とれるかよ、馬鹿馬鹿しい）

ほとんど無意識にペンダントを服の中に隠す。ジゼルがすくい上げてくれた善意や、透《とう》明《めい》で美しい光景が汚《けが》される気がしたのだ。この化け物じみた魔術師《まじゅつし》達に、ジゼルが目をつけられるようなことがあってほしくなかった。

ニャア、と、いつの間に部屋に入っていたのか、黒猫《くろねこ》が鳴いた。

『いいお知らせをお伝えに参りました』

口調ばかりは恭《うやうや》しく、黒猫は口を開く。

『あなたとダルマス伯爵令嬢、ジゼル嬢《じょう》の婚約《こんやく》が決まりましたよ』

「は？」

ぽかんとリュファスは口を開く。黒猫は床《ゆか》に寝《ね》そべって金色の目をリュファスに向けている。魔術《まじゅつ》生物独特の、妙《みょう》に光る瞳だ。見る者を落ち着かない気持ちにさせるそれが、いつも以上に意味不明で眉間《みけん》にしわが寄ってしまう。

「婚約、って、なんで俺と」

『さぁ？　我々も急に夜会の招待状が届いたものですから』

『しかしジゼル伯爵令嬢なら、まぁ及第点《きゅうだいてん》でしょう』

『あのイリス様の血を引く子ですよ。末は聖女に手が届くと言われた淡雪《あわゆき》の君！』

『ちょっとミーハーが過ぎるんじゃなくて？　気持ちはわかるけれど。それにしたって魔力の等級を送ってよこすなんて、あの女もたまには気《き》の利くことをするじゃないの。ようやくクタール侯爵家に必要なものがなんなのか、理解できたのかしらね』

混乱するリュファスを余所に、喋る剝製達の声は明るい。

「魔力の等級ってなんのことだよ⁉　なんで伯爵のお嬢様《じょうさま》なんかと俺が」

『ほぅら、あの女はこの子に婚約が決まったことも伝えていないのよ。ひどい話だわ』

剝製達の言葉が耳を素通《すどお》りしていく。ニャアと、黒猫が鳴く。

『皆様《みなさま》、今宵《こよい》はこのあたりで。本当に体調が悪そうだ、気の毒に』

『あらいけない。ゆっくり休むのよ、リュファス。婚約発表の日には会えるかしら』

『会えるとも、我々は招待客なのだから』

「おいっ！　聞いたことに答えろよ！」

好き放題言いたいことだけを口にして、開いた窓から勝手に剝製達は部屋を出て行く。振り返ると、黒猫はもういなくなっていた。

「はぁ……くそっ！　あいつら」

秘密の温室まで追いかけていこうかと思ったが、きっとたどり着く頃《ころ》には物言わぬ剝製になっているだろう。名前すら名乗らない魔術師達からまともな情報を引き出せるとも思えない。

窓から吹《ふ》き込《こ》む風が冷たくて、怒りにまかせて窓を閉め、鍵《かぎ》をかける。

黄昏《たそがれ》をとうに過ぎた訪問者はやはりろくなものではない。

「婚約って、俺と、ジゼルが？」

差し伸べられた手を思い出す。白い仔猫《こねこ》を挟《はさ》んで微笑《ほほえ》んだ顔も。

しかし、『貴族らしい結婚《けっこん》』を考えた瞬間《しゅんかん》、真っ先に浮かんだのはユーグ、そして、物言わぬ剝製達だった。綿毛のように浮かれた気持ちが一気に冷える。冷静になる。

（侯爵家の嫡子《ちゃくし》……は、普通《ふつう》に考えたらユーグだよな。じゃあなんで伯爵令嬢なんてものが俺の婚約者《こんやくしゃ》なんだよ。おかしいだろ）

貴族の婚姻《こんいん》は利益と権利の取引だ。だが、クタール侯爵の庶子が天秤《てんびん》に載《の》せることのできる物は魔力しかない。

実父のはずのクタール侯爵からの愛情はなく、侯爵夫人には目の敵にされ、味方といえばクタールの傍系《ぼうけい》だけだ。リュファスを操《あやつ》り人形にして侯爵家を我が物にしようという欲望が透《す》けて見える、化け物のような魔術院《まじゅついん》の魔術師達。

正直、味方と呼んでいいのかさえ怪《あや》しい。

天秤の釣《つ》り合《あ》いがとれない。嫡子である娘を嫁として差し出すのに、ダルマス伯爵家が得られる物がなさすぎる。それとも、ダルマス伯爵家も傍系の魔術師達同様、クタール侯爵家を意のままにしたいという野心を持っているのだろうか。

（あの二人を見た感じ、そんな野心がある家だとは思えないんだけどな……）

そもそも、強い魔力があるならもっと自分からアピールするのが普通だろう。

冬とはいえ池を底から凍《こお》らせてしまえる魔力。

魔術のことは詳《くわ》しくないが、魔力や魔術のことばかり喋る剝製達の基準ならば、ジゼルは強い水の魔力を持っていると言っていい。

貴族の婚姻は平民にとっても娯楽《ごらく》で、特に玉《たま》の輿《こし》に乗った女性の話はお茶菓子《ちゃがし》代わりのゴシップとしてリュファスの耳にも入っていた。貴族の女性が家格が上の家へ嫁《とつ》ぐためには、美貌《びぼう》と魔力は強力な武器だ。

それを隠したがっているということは。

(だから、つまり。ジゼルは、クタール侯爵家に、関わりたくないってことだよな)

喉の違和感が咳になって冷たい床に落ちる。

(大体、侯爵夫人が魔力の等級を連中に送ったってどういうことだ)

魔力至上主義の魔術師達。ユーグに魔力がないという理由でクタール侯爵夫人と対立し続けている彼らが、魔力のない娘をリュファスの伴侶《はんりょ》とすることに賛成するとは思えない。

(ジゼルの魔力がばれたのか？　いつ、どうして。これも俺のせいか!?)

どうか内密に、そう震えながら訴《うった》えていたジゼルの姿が脳裏《のうり》に浮かんで、舌打ちする。

魔力の強い貴族令嬢《れいじょう》がリュファスの伴侶になるのは、ユーグが侯爵家の後継《こうけい》となる上で一番避《さ》けたい事態のはずだ。なのに、侯爵夫人はジゼルをリュファスの婚約者として推《すい》薦《せん》し、一族にその魔力を保証までしたというのだ。

(ユーグを廃嫡《はいちゃく》して、俺を次期侯爵にしようってことなのか……？　そんなこと、あの

女は絶対許さないだろ）

冷たく淀んだ侯爵夫人の水色の瞳を思い出して、身震いする。

（なんでだよ。なんで俺なんだ。魔力が欲しいのは、ユーグだろ）

睡蓮池で、目が合ったのを思い出す。

ただ黙ってこちらを見上げていた腹違《はらちが》いの兄は、一体何に傷ついていたのだろう。

いつだって背筋をまっすぐに伸ばして、前を向いている、あまりにも正しく貴族らしい姿を見るたび苦しくなる。

（……俺より、ユーグの方が）

砂糖菓子《がし》のような貴族令嬢をエスコートして、大切に守ることができるのは、本物の王子様だけだ。

侯爵家の嫡子としてジゼルをエスコートする姿が簡単に想像できる。

ジゼルには魔力があるのだから、きっと侯爵夫人だって彼女を大切にするはずだ。

（全部、丸く収まるんじゃないのかよ）

貴族の考えることなどわからない。わかりたくもないと思っていた。

だが、焦燥感《しょうそうかん》がリュファスの背中を何度も冷たい手でなぞるのだ。

恵《めぐ》まれて愛された侯爵家の長子のはずなのに、これっぽっちもそう見えない、半分だけの兄弟。この婚約の意図はわからないままだが、兄弟に決定的な決別を連れてくることは明らかだ。

(最後に、一回くらい話したって、いいよな)

やっと手のひらで温まったペンダントに唇《くちびる》を寄せる。祈りの言葉は、最後の薪が燃える音に紛《まぎ》れて消えてしまった。

陶器製の黒い鳥

ユーグ＝クタールは目が覚めて最初に口にした紅茶を嘔吐《おうと》した。

「ユーグ様、どうなさいました⁉」

部屋付きのメイドが慌《あわ》てて医者を呼ぶのを片手で制して、白いリネンを汚《よご》すシミを眉《まゆ》を歪《ゆが》めて見下ろす。

ほんのかすかに、花の香りがしたせいだ。

それは机に飾《かざ》られた花だったかもしれないし、紅茶そのもののふくよかな香りだったかもしれない。だが、脳裏《のうり》にユキアサガオ茶が思《おも》い浮《う》かんだ瞬間《しゅんかん》、体がそれを拒絶《きょぜつ》した。

花の香りのする、薄桃色《うすももいろ》のお茶。

何の気なしにユーグが飲み込めるそれは、豊かな魔力《まりょく》に満ち満ちた少女には毒も同然なのだという。

拒絶された気がした。生きている世界が違《ちが》うのだと突《つ》きつけられた気がしたのだ。

母親の虚像《きょぞう》のような笑顔《えがお》が浮かぶ。

（そんなもの見慣れて久しいのに）

少女のつたない嘘《うそ》が耳に張り付く。

（ああそうだろう、誰《だれ》が僕のようなできそこないを望むんだ）

より高い山から谷底に突き落とされた痛みに心臓が引《ひ》き絞《しぼ》られる。

（僕が勝手に期待しただけだ）

空の胃袋《いぶくろ》からせり上がる不快感が繰《く》り返《かえ》しユーグを襲《おそ》う。

吐《は》き出《だ》すもののない胃袋から、それでも苦い液体が喉《のど》を焼きながら口を満たす。

最悪の朝だった。それでもクタールの嫡子《ちゃくし》たれと育てられた少年は機械的に身支度《みじたく》を済ませ、胃には白湯《さゆ》だけを流し込んで何事もなかった顔をした。

普段《ふだん》より装飾《そうしょく》の多い上着を用意されて、また眉間《みけん》にしわが寄る。

今日は夜会が開かれ、クタール家とダルマス家の婚約《こんやく》を『内々に』発表する日だった。

あの睡蓮池《すいれんいけ》で見た三人の光景が脳裏にちらつく。お茶会の席で冷たい床《ゆか》に膝《ひざ》をついておびえるようにユーグを見上げるジゼルの瞳《ひとみ》も。何もかもが、いつも通りユーグをこの世界からのけものにしていた。

様子をうかがうように息を潜《ひそ》めている使用人達の視線から逃《のが》れたくて、足早に部屋を出た。

あてなどない。それでも、日当たりのいい部屋にじっとしていることができなかった。

だが、ユーグは自分の行動を早々に後悔《こうかい》することになる。

日陰《ひかげ》がお似合いの艶《つや》のない真っ黒な髪《かみ》が、視界に入ってきたからだ。

普段になくめかし込んだ格好のリュファスが渡《わた》り廊下《ろうか》に座り込んでいた。陽光の下で、首元のエメラルドのチョーカーが煌《きら》めいている。誰が見ても、今日のリュファスは貴族の令息そのものだ。

ジゼルに合わせたのだろう菫色《すみれいろ》のベストが、今日これから行われるイベントを嫌《いや》でもユーグに思い出させる。一族の誰もが、この腹違《はらちが》いの弟と、ジゼル伯爵令嬢《はくしゃくれいじょう》が並び立つ姿を望んでいるのだ。王国の杖《つえ》たるクタール侯爵家《こうしゃくけ》、その繁栄《はんえい》を約束する婚姻《こんいん》だ。祝福された景色のどこにも、ユーグの姿はない。

嫡子の座、一族の期待、愛情深い伴侶《はんりょ》。魔力がないというだけで、諦《あきら》めなくてはならないというのなら、最初から何一つ目の前に並べないでほしかった。

日当たりのいい渡り廊下にいる庶子《しょし》と、薄暗《うすぐら》い廊下に立つ長子の姿が、そのまま未来の姿だと言われているようで、また吐き気がこみ上げる。

「あ」

リュファスが顔を上げ、物言いたげな赤い瞳がユーグをとらえる。

普段なら気配を察《さ》してユーグを避けているリュファスにしては珍《めずら》しい反応だった。

リュファスのいる場所は明るすぎて、暗い廊下にいるユーグの表情は見えないらしい。

「なぁ、あのさ」

「僕に話しかけるな」

顎《あご》を引いて、絞り出せたのはその一言だけだった。

虚勢《きょせい》、虚勢、また虚勢だ。それでもユーグは拳《こぶし》を握《にぎ》りしめて光の下へ一歩踏《ふ》み出《だ》す。

確証もない不安なんて虚《うつ》ろな感情に負けるのは絶対に嫌だった。

生暖かい陽の光にさらされて、全身の産毛《うぶげ》がちくちくと不愉快《ふゆかい》な感覚をもたらす。いつだってユーグにとって世界はそんな物だった。

とまどいを隠《かく》しもせずに見上げてくる、腹違いの弟を見下ろす。持って生まれた力だけで何もかもを手に入れてしまう。理不尽《りふじん》に殴《なぐ》りつけたくなるのを奥歯《おくば》を噛《か》みしめて耐《た》えた。

陽光を受けて煌めくエメラルド、それを飾り付ける水晶《すいしょう》、いずれも大粒《おおつぶ》で美しい物だが、その細工にユーグは見覚えがあった。

魔力を封《ふう》じる道具だ。

リュファスがこの城に連れてこられて、最初にクタール侯爵夫人が大量に作らせた魔道《まどう》具《ぐ》達。美しい装飾品にはいずれも呪《のろ》いに似た強い力が込められている。

クタールの一族や外部の貴族達に、庶子の強い魔力を知られまいと用意した物だった。強い魔力があると噂《うわさ》に聞くことと、実際目《ま》の当《あ》たりにするのとでは大きく印象が異なる。

半年前からリュファスを表に出さなくなり、最近は目にすることもなかったそれ。

（今回この魔道具を持ち出したということは、夜会に招待した連中には見せたくないとい

うことか。確か、貴族院に列席する高位貴族の縁戚《えんせき》もいたな）

母親の意図がつかめず、ユーグはエメラルドの輝《かがや》きを見下ろした。

（僕を当主にするのを諦めて、リュファスを嫡子にするのかと思ったのに、なんでこの期《ご》に及《およ》んで魔力を隠そうとするんだ？）

居心地《いごこち》悪そうにチョーカーをいじっていたリュファスが、目をそらしたまま口を開いた。

「なんでお前じゃなくて俺なんだよ」

不満と疑問を混ぜたその言葉に、今度こそユーグはリュファスの胸《むな》ぐらをつかみ上げた。

金属がきしむ嫌な音と、石造りの柱にたたきつけられたリュファスのくぐもったうめき声が、光差す渡り廊下にしみこんで消えていく。

これまで無視はされても、手を上げられることはなかった。不意打ちに目を丸くしたのは一瞬《いっしゅん》だけで、リュファスはすぐにユーグの腕《うで》をつかんで引き離《はな》そうとする。

喧嘩《けんか》に慣れた下町の平民らしい機敏《きびん》さだったが、完全にマウントをとられた上体を振り回《まわ》すのは体格差のないリュファスには難しく、左右に身をよじるにとどまった。

代わりに腹違いの兄をにらみつける。

「なんだよ。ジゼルの魔力が強ければ、お前と結婚《けっこん》するんじゃないのかよ。そういう家だろ、ここは！」

「貴様……っ！」

引き絞られたシャツに指の皮がめくれるほど爪《つめ》を食い込ませて、ユーグは歯を食いしばる。火がつきそうなにらみ合いは、しかし数秒にも満たなかった。遠くに、足音を聞いたからだ。

取っ組み合いの喧嘩なんて姿を使用人に見られて、これ見よがしに噂をされるような屈《くっ》辱《じょく》には耐えられそうになかった。

乱暴にリュファスを床にたたきつけ、ユーグは大きく息を吸う。

倒《たお》れたリュファスの首に手を伸《の》ばし、エメラルドを引きちぎろうとする。

しかし、丈夫《じょうぶ》な革《かわ》に縫《ぬ》い付けられたエメラルドをちぎることはできず、手にできたのはその周囲を飾る金具と水晶だけだった。

「ああ、そうだ。『そういう家』だよ、ここは。とっとと出て行け、野良犬《のらいぬ》」

キラキラ光る破片《はへん》を憎々《にくにく》しげに踏み潰《つぶ》して、ユーグはリュファスに背を向けた。

（こいつの才能も魔力も何もかも世界中に知らしめてしまえばいい。そうしたら僕こそ）

手近な扉《とびら》を開いたら、夜会の会場となる広間だった。

太陽光を集めるステンドグラスばかり、キラキラと美しい。

（この家を、出て行けるのに）

飲み込みきれない怖気《おぞけ》が、飾られた花の香りと共に胃からこみ上げてきて、ユーグは唇《くちびる》を引き結んだ。

初めての夜会に、小さな令嬢は浮かれた表情を隠《かく》せないようだ。オディールは朝からドレスにしわがないか確認《かくにん》することに余念がない。

ご機嫌《きげん》なオディールから、鏡の中の自分へ目を向けてみる。

母が好んだ菫色《すみれいろ》のドレスは銀髪《ぎんぱつ》によく似合っているが、表情が死んでいる。

婚約《こんやく》発表どころか断頭台に上がる囚人《しゅうじん》のそれだ。

身内と親しい友人を集めた簡単な夜会だと聞いていた。

(身内……クタールの本邸《ほんてい》を追い出された親戚《しんせき》の魔術師《まじゅつし》も来るのかしら)

古いダルマスの血を持つジゼルであれば、リュファスの結婚《けっこん》相手として申し分ないだろう。亡《な》き母イリスへの魔術師達の評価は高い。借金のせいで魔力がろくにない新興貴族と結婚したことを除けばだが。

「お姉様とリュファスなら、まぁ、お似合いなんじゃないかしら。ダルマスからもそんなに離《はな》れていないし」

鼻歌交じりにオディールはくるくると回ってみせる。ダンスは特に得意だけれど、ここ最近の逃走《とうそう》(走り込み)により体幹が鍛《きた》えられて、より動きにキレが増した気がする。

「ジゼル様が遠くへお嫁入《よめい》りすることがなくなって、オディール様、すごく喜んでいらっしゃるんですよ」

こっそり、メアリが耳打ちしてくる。隣《となり》でアンも無言で頷《うなず》いており、花を散らしそうなオディールの笑顔《えがお》につられて私も笑ってしまう。

「ねぇお姉様、まだ空中庭園を見ていないでしょう？　すごく綺麗《きれい》だったわ、私が案内して差し上げてもよくってよ！」

「オディールは……元気ね」

つい先日そこから飛び降りて死にかけた子どもの台詞《せりふ》とは思えない。

はしゃぐオディールの手を取って、椅子《いす》から立ち上がる。

何故《なぜ》か目を丸くしたオディールを見下ろすと、頬《ほお》が紅潮していてリンゴのようだ。

「案内してくれる？　夜会までまだ時間があるようだから、一緒に散歩でもしましょう」

「っ、え、ええ！　一緒に。お散歩くらいなら、付き合っても……いいわ」

ぎゅうと握《にぎ》る手の強さが微笑《ほほえ》ましい。

夜会を控《ひか》えた城の中はばたばたと慌《あわ》ただしく、すれ違《ちが》う使用人達が一瞬《いっしゅん》目を丸くして通り過ぎていく。

（なるほど、ここはお客様が通るような道じゃないのかもしれないわね）

絨毯《じゅうたん》も何もない、粗末《そまつ》な木の扉《とびら》や扉もないランドリーの並ぶじめじめした石造りの廊《ろう》下《か》に苦笑《くしょう》する。自信満々で先導する小さな令嬢には迷いも違和感《いわかん》もないらしい。

そういえばこの子はダルマスの館を網羅《もうら》する勢いでかくれんぼをしていたので、城の裏方といえる場所へ出入りすることに躊躇《ちゅうちょ》がないのだろう。もうちょっとだけ、お淑《しと》やかにしてほしいと思うのは贅沢《ぜいたく》なんだろうか。

そもそも、この道を教えたのがリュファスなのだとしたら、あえてこの道を選んだ可能性の方が高い。隠し通路を使わなくては外に出られないと言っていたのを思い出す。

(このままリュファスと結婚したとして、もしかして私も一緒に軟禁《なんきん》されたりするの？)

新しいバッドエンドが追加されてしまう予感に頭を抱《かか》える。

「あら。今日の夜会の会場はここみたい」

ひょいと、開いた扉からオディールが部屋に飛び込む。

先ほどまでの薄暗《うすぐら》い道と違い、高く天井《てんじょう》と窓を取った広間には光があふれている。

天井ギリギリの上側に、明かり取りの窓もたくさんあり、石造りの古い城だということを感じさせない。壁《かべ》には家紋《かもん》を織り込んだ立派な布と、細密画が書き込まれた絵皿や東洋趣味《しゅみ》な焼き物が等間隔《とうかんかく》に飾《かざ》られている。

まだゲストが到着《とうちゃく》する時間ではないのに、突然《とつぜん》現れたドレス姿の令嬢二人に、使用人達がぎょっとした顔をする。

この滞在《たいざい》中だけでずいぶんこの表情を見たけれど、オディールのしでかす大体のことに動じなくなっているダルマス家の使用人達が少し懐《なつ》かしくなってしまった。

「わぁ、広い！　それに明るいわ。ダルマスにもこんな広間があればいいのに！」

「ダンスをするには良さそうね」

会場を見渡《みわた》すと、窓からは空中庭園から注ぐ滝《たき》が見える。なるほど、大広間は通常一階に作る物だけれど、空中庭園を一部でも見せるためにあえて二階に作ったらしい。

それにしても、改めて。空中庭園は高さがある。あんな場所から落ちて、リュファスもオディールも無傷だったなんてもはや奇跡《きせき》に近い。

そんな私の感想など知らず、躊躇なくまた窓から身を乗り出そうとしているオディールの手を全力でつかんだ。

トラウマになっていないことを喜ぶべきか、もうちょっと学習するメンタルを持ってほしいと言うべきか、飲み込んだいろんな言葉で胃袋《いぶくろ》がすでに重くなる気がした。

空中庭園へ向かって蔦《つた》状の植物が青々と壁を覆《おお》い尽《つ》くしている。

青い空と、花咲《さ》く庭園と、壁の緑。あまりにも平穏《へいおん》な光景に、魅入《みい》ってしまう。

不意に、空気がざわついた。

振《ふ》り返《かえ》ると、舞台《ぶたい》装置のようなひな壇《だん》からユーグが降りてくるのが見えた。気まずくて口の中を噛《か》んでしまう。固まる私達を一瞥《いちべつ》し、ユーグはそのまま隣を通り過ぎていく。

「……ごきげんよう、ユーグ様」

憎《にく》しみのこもった目に、胃の奥から胃液がせり上がってくる。

何か言わなくては、そう思って顔を上げるのと、小さな火花が高い天井から落ちてくるのは同時だった。つい最近も見た、魔力の衝突《しょうとつ》によってこぼれ落ちる火花。

魔術《まじゅつ》を使うような道具でも天井にあるのだろうかと見上げるけれど、ごく普通《ふつう》の、燭《しょく》台《だい》を使うシャンデリアがあるだけだ。ざわつく違和感が肌《はだ》にまとわりつく。

また、ぱちりと小さな音を立てて火花が散る。

火花にきょろきょろとしているオディールを抱き寄せるのと、ガラスの割れる音が鼓膜《こまく》をたたくのは同時だった。

給仕《きゅうじ》が粗相《そそう》でもしたのかと顔を向けると、割れていたのは案の定グラスだった。

だが、数がおかしい。テーブルの上のグラスすべてが卓上《たくじょう》で粉々に割れている。

続いて、皿の割れる音。テーブルの上ではなく、壁に飾られた巨大《きょだい》な飾り皿だ。色鮮《あざ》やかな東洋風の大皿が壁に掛《か》かったまま割れて砕《くだ》け、破片《はへん》が床《ゆか》に落下して粉々になる。

それから、木のきしむ音。ミシミシと不吉《ふきつ》な音を立てるそれがどこから聞こえているのかわからなくて、思わず隣にいたオディールを抱きしめる。

この部屋にきしむほどの木があるとすれば、天井か壁か、あるいは。

「お、お姉様っ!!」

オディールが悲鳴を上げる。

視界が暗くなった。

影《かげ》を追うと、ゆうに十人以上が座れそうなベンチが頭上を通《とお》り越《こ》し、反対側のテーブルをなぎ倒《たお》しながら壁側《かべがわ》へ吹《ふ》っ飛《と》んでいった。

椅子が宙を舞《ま》い、燭台が壁にたたきつけられ、陶器《とうき》も磁器もガラスも、割れうるすべての物が割れる音が響《ひび》く。

視界に何度も白い火花が散って、鎖骨《さこつ》のあたりに熱を感じた。

火傷《やけど》しそうな熱さに思わず首元に触《ふ》れると、薔薇を模した首飾《くびかざ》りが熱を持っていた。

(防護の魔道具！　守ってくれたのね)

さっきの火花は魔道具の作った結界と飛来物がぶつかったせいらしい。

血の気が引いて、しがみつくオディールをさらに強く抱きしめた。

木のきしむ音がもう一度聞こえ、今度は反対側のテーブルがローテーブルをなぎ倒して壁にぶつかる。引《ひ》き裂《さ》かれたテーブルクロスの向こうに、呆然《ぼうぜん》と立《た》ち尽くしているユーグを見つけた。

「何が……何で……」

「ユーグ様！」

思わず手を伸《の》ばす。

オディールを抱え、ユーグの手をつかむと、また大きな衝撃音《しょうげきおん》が頭上で響いた。

結界に跳《は》ね返された大きな燭台の破片がテーブルに深々と刺《さ》さる。

防護の魔術を込《こ》めた薔薇がまた熱をもつ。鎖骨のあたりが火傷しそうなほど熱い。結界に物がぶつかり火花が散るたび、薔薇のペンダントから飴《あめ》細工を砕くような嫌《いや》な音がする。

「どうして、僕はただ……」

「しっかりしてください、ユーグ様。とにかくここから離れないと」

だが、周囲は破壊《はかい》された元家具で塞《ふさ》がれている。

逃げ場《にげば》を探しているうちに、破裂音《はれつおん》と、続いて石がこすれ合う嫌な音が響く。

音の発生源は広間の最奥《さいおう》、数段しかない階段の先、舞台のような踊り場にある大きな扉だった。細密な彫刻《ちょうこく》を施《ほどこ》された豪奢《ごうしゃ》な扉は、きっとパーティーの主役が登場するためにあるのだろう。だが、美しい扉に突如《とつじょ》ひびが入り、バキバキと派手な音をさせて三等分に割れてしまう。ひびは扉だけにとどまらず、その周辺の石組みにまで広がる。

まるで舞台の幕が開くように、壁面《へきめん》の石がぼろぼろと崩《くず》れ落《お》ち、巨大な穴がぽっかりと壇上《だんじょう》にできあがった。

「リュファス？」

「！」

オディールの言葉に顔を上げる。

階段は半ばから崩れ、その上を蛇《へび》のようにのたうつ石柱が見えた。穴の向こう、廊下の入り口で倒れている少年は黒髪《くろかみ》で、大粒《おおつぶ》のエメラルドが首元に光っている。間違《まちが》いなくリュファスだ。

魔力暴走の四文字が走馬灯のように頭をよぎる。まさかそれがこれなのか。

「リュファス！」

癖《くせ》のある黒髪の隙間《すきま》から、赤い瞳《ひとみ》がかすかに開かれた。

止めなくては、今ならまだ間に合うかもしれない。そんな希望を持って一歩踏《ふ》み出《だ》した。

私の行く手を遮《さえぎ》るように、地面から五本の石柱がそびえ、耐《た》えきれないように崩壊《ほうかい》していく。地中にいる悪魔の爪《つめ》が何かをつかもうとするような動きだ。

（大人の人は、誰《だれ》か）

すくみそうになる背中を伸ばして、周囲を見渡す。

しかし、土埃《つちぼこり》と料理で汚《よご》れたテーブルクロスの向こうに、期待した人影《ひとかげ》はなかった。代わりにうめき声や助けを求める声が、石の砕ける音に混ざって聞こえてきた。ベンチやテーブルにぶつかって壁際《かべぎわ》へはじき飛ばされているか、地面から跳ね上がった家具類の下《した》敷《じ》きになっているらしい。

不規則に壁が、床が、天井が盛り上がり、蛇のように動き回る光景は悪夢のようだ。

扉をふさぎ、砕き、廊下までえぐれている。

外部へ状況《じょうきょう》を報告できる人間は見える限りおらず、また外へ走って逃げることもできない。すぐに助けが来る可能性は極《きわ》めて低いと判断するべきだろう。

（この地獄《じごく》絵図を経験した上で、ジゼルは婚約したの？）

商会の件で脅《おど》されていたとしても胆力《たんりょく》が強すぎる。

ひっくり返った机や椅子が、地面から突《つ》き上がる爪によって破砕《はさい》されていくのを見て、背筋に嫌な汗《あせ》が伝った。

リュファスの攻撃範囲《こうげきはんい》に取り残されている人間は、おそらく私達だけなのだ。

動悸《どうき》がする。心臓が耳の真横にあるような錯覚《さっかく》に吐《は》き気《け》がしてくる。原作でも起きたはずの事件が、どのように解決されたのかを私は知らない。

原作のジゼルが言う魔力暴走が今回のことだったとして、彼女は生き残っているのだ。

見渡す限り、部屋はひどい有様《ありさま》だが人が死んだ様子はない。

最初の攻撃《こうげき》でリュファスの魔力暴走の範囲外に出ることが、生き残るための条件だったとしたら、現状は最悪だ。原作のジゼルは防護の魔道具なんか絶対に持っていなかったはずなのだから。

私が中途半端《ちゅうとはんぱ》にリュファスの攻撃を魔道具で防御《ぼうぎょ》したせいで、離脱《りだつ》のタイミングを失ってしまったのだ。オディールと、ユーグまで巻き込んで。

「きゃあ!!」

足下をリュファスの魔力が巡り、床が盛り上がる。バランスを崩したオディールを抱き留《と》め、さらにふらついた私の背中を支えてくれる手があった。

「ユーグ様」

「……」

目が合った。物言いたげに瞬《まばた》きをして、それでもなお唇《くちびる》は引き結ばれている。

魔力がぶつかり火花が散るたび、オディールがしがみついてくる。罪悪感で潰《つぶ》されそうになりながらその小さな肩《かた》を抱きしめると、ユーグがすぐ隣でため息をつくのが聞こえた。

「本当に、仲のいい姉妹《しまい》ですね」

棘《とげ》を飲み込んだような表情で、ユーグはこちらを見下ろしていた。

ぞっとするような虚無《きょむ》を含《ふく》んだ声に、どう返答していいかわからない。

私が黙《だま》って見つめる先で、ユーグが右腕《みぎうで》のカフスボタンを取り外した。クタール侯爵家の家紋と同じ隼《はやぶさ》が彫刻された、金のカフスボタンだ。

防護の結界に触れるたび小さな火花を起こしているので、何らかの魔道具なのだろう。

魔力がないユーグが、護身用の魔道具を所持しているのは当然かもしれない。

淀《よど》んだ水色の瞳、その真ん中にリュファスが映っている。カフスを飾る宝石が淡《あわ》い光を放つのを見て、思わずユーグの腕《うで》をつかんでしまった。

「何だ」

「だめです、ユーグ様」

カフスボタンは獲物《えもの》を狩《か》る猛禽《もうきん》のように、音もなく魔力の羽を広げた。

鋭利《えいり》な三日月の刃《やいば》がユーグの手のひらで完成する。発動させれば、文字通り風の刃になって対象を切り裂くだろう。魔力のない人間にも扱《あつか》えるように作られた、魔力のある人間を切り裂くための道具。

それ単体がとても強い力を持つ、最上級品のはずだ。

そうでなくてはユーグに持たせる意味がない。

「直撃すれば、殺してしまいます」

対象はならず者ではない。半分とはいえ血を分けた弟だ。

状況が状況だ、クタール侯爵夫人は必ずユーグを守るだろう。

だが、まだ十六歳の子どもが背負うには、弟殺しの罪は重すぎる。

「大丈夫《だいじょうぶ》ですよ。僕の弟は見ての通り、とても強い魔力を持っていますから」

「それでも、その威力《いりょく》をまともにくらえば大怪我《おおけが》では済まないです」

「そうなのですか？」

暗い瞳とかち合った。

「僕には魔力がないので、これがどれほどの威力を持つ物なのか、わからないんです」

「……っ！」

知っているはずだ。知らないはずがない。だが、それ以上の言葉が出てこなかった。

口元に皮肉じみた笑《え》みを浮かべ、ユーグは抑揚《よくよう》のない声を紡《つむ》ぐ。

「僕とリュファスは違う。あなた達のようには、なれない」

ユーグの右手で、透明《とうめい》な殺意が静かに形になっていく。火花が散る。

「もっと早くこうしておけば良かった」

「やめ、」

「だめに決まっているでしょ!?」

私が手を伸ばすより先に、小さな獣《けもの》が突進《とっしん》していった。

リュファスの魔力に吹き飛ばされたのかと思うほどの勢いで、ユーグとオディールがごろごろと床を転がっていく。

ユーグの手を離れたカフスボタンが私の左頬をかすめ、内側から結界を切り裂き、轟音《ごうおん》と共に壁に突き刺さった。ほんのり左頬がヒリヒリする。

結界はすぐにその穴を修復したが、その代償《だいしょう》とばかりに金属の割れる嫌な音がして、薔薇のペンダントから外側の花弁がはじけ飛んだ。

結界から転がり出た二人の横を、椅子の破片が甲高《かんだか》い音を立てて通り過ぎていく。

「お前っ、今何をしたのかわかっているのか!?」

「ユーグ様こそ！　自分が何をなさっているかわかってらっしゃらないのね!!」

侯爵令息に馬乗りになって、オディールが噛みつかんばかりの勢いで綺麗なレースの胸《むな》ぐらをつかんだ。

「私だって、お姉様のこと、殺してやりたいと思ったことがあるもの」

待ってさすがにそれは傷つく。

「でも、絶対に後悔《こうかい》するわ。私は何度もしたから、わかるの。お、お姉様は楽園の門を何度もくぐろうとするから、嫌でもわかるしかないのよ。それがどれほど、こ、こわくて、おそろしくて、悲しい、ことか」

大きな瞳が歪《ゆが》む。アメジストの瞳から、ぽろぽろと涙《なみだ》がこぼれた。

「こんなひどいろくでなしのお姉様でも、悲しいんだもの。リュファスみたいな素敵《すてき》な弟を殺したりなんかしたら、絶対に後悔するわ」

「……」

ぽかん、とユーグがあっけにとられた表情でこちらを見た。

見ないでほしい。

防護の魔道具の効果さえ必要なければ、泣きながら走り去りたいところだ。

「仲がいい姉妹に見えましたか？」

「……いや」

数秒の沈黙《ちんもく》の後、ようやく、小さく息を吐いた。ユーグの目に意思の光が戻《もど》る。

オディールを私に預けるようにして持ち上げ、自身もゆっくりと立ち上がる。

「魔力封《まりょくふう》じの宝石が、中途半端に外れたせいです」

「魔力封じ？　中途半端、というのは一体」

「母がリュファスに用意した魔道具を僕が壊《こわ》したんですよ。でも、半分しか壊せなかったみたいです。制御《せいぎょ》と封印《ふういん》は荷車の両輪ですから。封印の方だけが外れて、自分の意思で出力を制御できないまま魔力を吐き出しているのでしょう」

蛇口《じゃぐち》のハンドルを全開にしているようなものだろうか。瓦礫《がれき》の向こうで、リュファスは苦しそうにうめきながら喉《のど》をかきむしっている。

魔力の過剰《かじょう》な使用は、体にとんでもなく負担をかける。いくら魔力の器《うつわ》が強いとは言え、子どもの体でこの負荷《ふか》に耐えられる時間は長くなさそうだ。

飾りの甲冑《かっちゅう》が倒れ、派手な音を立てる。その音が耳障《みみざわ》りだと言うように、石の蛇は鉄の甲冑を紙箱か何かのように押し潰してしまう。

「僕が責を負います」

ユーグがつぶやきと共に、反対側のカフスボタンを外した。

「殺しはしません」

オディールと私に言い聞かせるように、はっきりと口にする。

「腕の一本でも切り落とせば、意識を保てないはず」

「そんな……」

「言ったでしょう、責を負うと。代償として、リュファスが望むのなら、後継《こうけい》の座でも僕の腕でも謹《つつし》んで差し出しましょう」

覚悟《かくご》が決まりすぎている。

ユーグのリュファスに対する感情が、悪意や殺意だけでないことは歓迎《かんげい》すべきだが、少年をここまで追《お》い詰《つ》めるこの家の惨状《さんじょう》に改めて冷や水を浴びせられた気分になる。

生き残りたい。モブでいいから生き残りたいけれど、ここで逃げるような真似《まね》をすれば少なくとも重傷者が出るだろうし、明日からまともにご飯が喉を通らなくなりそうだ。

善意とか正義とかではなく後ろ向きな逃避《とうひ》。全方位私の自業自得《じごうじとく》。

だからこそ私は責任を取らなくてはならない。

私を見上げるオディールと目が合う。

悪役令嬢《あくやくれいじょう》らしからぬ、不安に揺《ゆ》らぐ瞳が私を見上げている。

目の前には暴走状態の魔力渦《まりょくうず》、そこら中に積み上がるスクラップ、倒れた大人達、兄弟で腕を切り落とすだの責任を取るだのスプラッタホラーにもほどがある。

オディールのトラウマになったらどうしてくれるのか。

ただでさえ暗雲漂《ただよ》う未来が私達には待っているのに。

でも、ここで年端《としは》もいかない子どもを見捨てるような人間は、悪役令嬢どころかただの人非人《にんぴにん》だ。なるほど、悪役令嬢の身内らしい。笑えてしまった。

「この部屋に、水を送る管はありませんか？　真上の、空中庭園へ水を送るための」

「……あるには、ありますが」

「良かった。それなら、リュファスが腕を失わずに済むかもしれません。その最後の一矢《いっし》、この部屋へ水を招くのに使っていただけませんか？」

ユーグの肩が揺れる。不安そうな表情と同様に、手元で隼のカフスボタンがぶれた。

「私に賭《か》けてくださいと言っているのです。「私の属性は水です。これでも、かつて聖女に届くとうたわれた、母の魔力を継《つ》いでいますから」

私の皮肉に、ユーグもまた皮肉な笑みを浮かべた。

コップ一杯《いっぱい》と偽《いつわ》った、保身のための嘘《うそ》が掛け違えた最初のボタンだ。

「ああ、そうでしたね。失敗したらどうなります？」

「運が悪ければ私達がリュファスに殺されます。何もしなければ、大人達が助けに来てくれるのを待つ間にリュファスは自分の力に押し潰されて命を落とすでしょう。リュファスを助けるために、命を懸《か》けていただけますか」

ユーグは目を細めてこちらを見下ろし、そして震《ふる》えるオディールを見下ろした。

何かを飲み込むように唇を引き結び、やがて目を伏《ふ》せる。

「……わかりました。配水管を、壊せばいいのですね」

「はい、お願いします」

再度、空気を震わせる低い音が響く。

形のない刃がユーグの指先に従って振るわれ、石の壁をケーキのように切り裂くのを目《ま》の当《あ》たりにして確信する。

（やっぱり私、どう考えてもさっき死にかけたわよね？）

うっかり首無し令嬢になりかけた。背筋の寒くなるようなホラーな想像を余所《よそ》に、ユーグの投げた風の刃は堅牢《けんろう》な城の壁を裂き、そこから水が吹き出した。

配水管から落ちる水の飛沫《ひまつ》に反応するように断続的に床がひび割れる様子は、さながら水面に落ちた羽虫に食いつく魚のようだ。

「これからどうするつもりですか」

「リュファスの魔道具を壊します。氷を使えば、壊せると思うんです」

魔道具は繊細《せんさい》な道具だ。

今私達を守っている防護の魔道具だって、本体を直接握りこめば子どもでも壊すことができる。完全に破壊はできずとも、出力を調整する宝石や回路を『壊す』ことはできるのだ。

「魔道具の宝石や回路の部分を、氷塊《ひょうかい》で挟《はさ》んで押し潰せば、あるいは」

氷壁《ひょうへき》が船をすり潰すように、とはいかずとも、氷の薔薇を作る要領で氷塊を作り、圧力で割ることができれば、首元がしもやけになる程度で済むはずだ。

水たまりは床石のひび割れにしみこみながら、確実に私の足下にたどり着く。

膝《ひざ》をついて水に触れると、触れただけでしもやけになりそうなほど冷たかった。冬の水だから当たり前だ。今は、その冷たさも幸運だと思える。当然のことだが、冷たい水を氷にする方が使う魔力は少なくて済む。

指先に集中する。

魔力を使うたび、指先から奪《うば》われる体温以上に心臓に冷気がたまっていく。指先から血を流して、代わりに氷を注がれているような感覚に歯を食いしばる。

まっすぐにリュファスに向けて水を氷に変えていく。床の表面に霜《しも》がつき、導火線のようにリュファスとの間に白い線ができあがっていく。

パキパキと石と氷がぶつかる高い音がした。

距離《きょり》にして半分ほどまで線を延ばした場所で、床を這い回る蛇のような魔力が氷にぶつかってはじけた。同時に指先に鈍《にぶ》い痛みが伝わり、腕の延長のように感じられていた氷の道筋が途切《とぎ》れた感覚がある。

（暴走状態なら、支配権をとれると思ったのに）

水と土が混ざった状態なら、どちらかの魔力適性があれば動かすことができる。リュファスが睡蓮池の泥《どろ》を操《あやつ》ったように。であれば、床石にしみこんだ水の量が少なくても、方向性を持たされていない魔力の塊ならば勝てると踏んだのだが、相殺《そうさい》された。

ほとんど意識のない状態でこれでは、もしも意識と方向性があれば足場の氷もあっという間に破砕されたに違いない。

「お姉様……」

不安そうに声を漏《も》らすオディールに、笑ってみせる。

導火線のように魔力をつないで、少しずつ氷の塊を大きくしようと考えていたのだけれど、この状況ではとてもではないが本人までたどり着けそうにない。私の魔力の器は口の細いガラスの水差しのような物で、一気に魔力をくみ上げることができないのだ。このままでは同じことを繰《く》り返すだけだ。

「少し、リュファスに近づく必要があるみたい」

歯がかち合わない。そのせいで、声が裏返ってしまった。

春の陽気を維持《いじ》していたはずの広間は、広がる水と私の魔力で今が冬であることを思い出したかのように冷えきっている。

薔薇の首飾りを外し、オディールにかける。ペンダントトップの薔薇は、すでに砕けて半分ほどの大きさになってしまっている。

あとどのくらいこの魔道具がもつかわからない。この小さな薔薇の欠片《かけら》が二人を守ってくれることを祈《いの》りながら留め具をはめた。リュファスの魔力と拮抗《きっこう》できる私と違い、オディールとユーグは串刺しになってしまう。道連れにはできない。

「お姉様、これ」

「防護の魔道具よ。ここから動かないで、ユーグ様と一緒にいてね」

「……‼」

震える小さな肩を抱きしめて、その肩越《かたご》しにユーグを見上げる。

蒼白《そうはく》になっているユーグに無言で頷いてみせた。差し出されたユーグの手に、オディールを預ける。

泣きそうな顔をしている妹に笑いかけて、今度こそ背中を向けた。

配水管から流れる水は広間を水浸《みずびた》しにし、私が足を踏み出した瞬間真っ白な霜になる。石の蛇が大きく蛇行《だこう》しながら私の方向へ迫《せま》り、凍り付いた石床にぶつかって砕け散《ち》る。音や魔力のような刺激《しげき》に原始的に反応しているようだ。

足場が削《けず》られるような感覚に、さっきから心臓がおかしな挙動をしている。なるべく刺激させないように、ゆっくり、少しずつ近づいていく。

リュファスの表情が見えるほどの距離まで近づいても、赤い瞳はこちらを認識している様子はない。ただ、浅い呼吸を繰り返し、顔からは血の気が引いている。

(急いだ方が良さそう)

半分ほど進んだところで、水たまりがさっきより深くなっていることに気がついた。

(このくらいの水量があれば、一気に凍らせてしまえるかも)

震えが止まらなくなっている。悪寒《おかん》と頭痛に視界がくらむ。体中から血液がなくなってしまったような感覚で、体が冷えすぎてさっきまで冷たかった風さえ暖かく感じ始めている。

魔力がコントロールを失っている証拠《しょうこ》に、自分で凍らせた床で足下がふらついた。

不意に、シャラシャラと奇妙《きみょう》に優《やさ》しい音が耳をついた。

この部屋にあるグラスと窓ガラスの大半は割れてしまった。この上、シャラシャラと鳴るほどのガラスなんて。

嫌な予感に振り返るのと、背後を巨大な何かが通り過ぎるのは同時だった。床にたたきつけられる金属の音、冷えきった肌を細かな破片が切り裂く感覚に思わず両腕《りょううで》で顔を庇《かば》う。

「お姉様‼」

「ジゼル嬢《じょう》‼」

もう一度目を開けると、目の前にシャンデリアが落ちていた。

天井からジャラジャラと鉄の鎖《くさり》が落ちてくるが、その最後の断面は奇妙なくらい鋭利だった。土属性の魔術とは明らかに違う切断面に、思い当たる原因は一つだ。

(……さっきの一撃《いちげき》目のカフスボタンでは？)

行動がドミノのように積み重なって最悪の結果を連れてくるのは悪役令嬢のデバフか何

かなのだろうか。気を取り直して、息を吸う。

「私は無事です！　それより二人は」

声を遮るように、目の前の巨大なシャンデリアの残骸《ざんがい》が地面から文字通りはじけ飛んだ。

金属音とガラスの砕ける音を盛大《せいだい》にまき散らしながら、シャンデリアが床を跳ねていく。

跳ね上げているのは石の蛇で、猫《ねこ》じゃらしにじゃれる猫のようにシャンデリアをへし曲げながら追いかけている。

不規則に床を転がるシャンデリアが、不意にオディールとユーグの方向へはじき飛ばされた。

「オディール!!」

「きゃぁ!?」

「っ、」

シャンデリアと結界と土の爪がぶつかり、盛大な火花になる。

ユーグがオディールを抱え上げて瓦礫の上へ走り出した。
二、三度獲物を追いかけるように石の牙が床からせり上がり、とうとうガラスとは違う鈍い音を立てて魔道具がその輝《かがや》きを停止する。生身の二人をシャンデリアごと押し潰すように石の蛇が床から飛びつくのが、スローモーションのように見える。
防護の結界がきしみながらじりじりと壁際に追い詰められ、ガラスの一枚も残っていない窓枠《まどわく》ごと壁が崩れるのをただ見つめることしかできない。

「やめて!!」

私の悲鳴に応えるように、甲高い音を立てて足下の水が一気に氷柱になり、次々と弾丸《だんがん》のように射出される。

石の蛇を一つ、二つ、砕いて、それでも蛇は無慈悲《むじひ》に何度でも再生する。

なおもユーグとオディールを追いかけようとする三つ目の蛇を、とうとう氷柱は捕《と》らえることができなかった。

あと数センチ。

親指の関節一つ分、氷柱は目標を逸《そ》れて無情にも壁にぶつかり砕け散る。

一拍《いっぱく》遅《おく》れて、痛みが全身を駆《か》け巡った。

悲鳴が声にならない。息をしようにも、肺が動くだけで氷の針を内側から刺されているような激痛にさらされる。

「ひ……、く」

声が出ない。

冷たくて、冷たくて、熱くて、苦しい。

水の魔術の過剰使用で体中の血液が凍ってしまったような寒さを感じる一方、自分の血潮が皮膚《ひふ》の薄《うす》い場所を通るたびに火傷しそうな熱さを感じる。

外気に触れる肌すべてから魔力が漏れ出すような、毛穴のすべてから血が出ているような痛みと不快感。制御がきかず、垂れ流された魔力で床に霜柱《しもばしら》が立ち、冷気で部屋中からピシピシと不快な音がする。奥歯《おくば》が震えて噛《か》み合わない。鼓膜まで凍ってしまったように、周囲の音がぶれる。

石壁《いしかべ》が砕ける音と、急に明るくなった視界に、目を開いていることができない。

せめて、オディール達の姿を確認したいのに、指先さえ動かすことができなかった。

意識が飛んでいた。

実際にどのくらいの時間がたったのかはわからないけれど、凍った足場がまだ維持できていることを鑑《かんが》みるに、それほど長い時間ではなかったのかもしれない。

風が頬を撫《な》でた。妙《みょう》に暖かく感じるのは、私が氷で室温を下げ続けているせいだろうか。

それとも、体温の下がりきった体がそう感じさせるだけだろうか。

けれど、その風がどこから吹いているのかを目視して、ただでさえ冷たい私の体から血の気が引く音を聞いた気がする。

壁に大穴が空いていた。

窓枠ごと外側へ落下したらしく、等間隔に並べられた大窓がそこだけ存在しない。シャンデリアの残骸だけが紙くずのようにひしゃげて穴の手前に落ちている。

(まさか、あそこから落ちたの?)

気力を振り絞《しぼ》って立ち上がると、シャンデリアの残骸に挟まれるように人影があった。

「ユーグ様!!」

思わず声が出てしまう。足場が強烈《きょうれつ》な突き上げを食らって、また転倒《てんとう》してしまった。

冷えきった床に膝を思い切りぶつけて、痛みに唇を噛みしめる。

小さなうめき声を上げて、ユーグの頭が揺れた。ユーグが生きていることに安堵《あんど》したのもつかの間、その隣にあるはずの赤毛が見えないことに気がついて鳥肌《とりはだ》が立つ。

防護の魔道具は最後まで機能していた。おそらくユーグはその効果からはじき出されたのだろう。だが、ペンダントをつけていたオディール本人は守られていたはずだ。守られて、そのまま、外へはじき出されて。

「……!!」

呼吸に失敗して、喉がひゅっと嫌な音を立てた。

あの魔道具は防護だけに特化したものだ。落下の衝撃は攻撃として認識できるんだろうか、わからない。

(わからない、けど。私のせいで、オディールが)

足下が文字通り崩れていく。石の蛇が氷の塊を削っていく。手が動かない。涙がにじんで、床に落ちると同時に凍り付く。手足が震えて立ち上がれない。

ここでリュファスを止めて生き残ったとして、オディールが死んでしまったら。

（どうしよう、どうしたらいいのかわからない）

ガリガリと、凍った石を削る音がする。

「ジゼル嬢、集中しろ。死にたいのか⁉」

ユーグが声を抑《おさ》えながら立ち上がるけれど、私は馬鹿みたいに逆光の姿を見上げることしかできなかった。

すっかり見通しの良くなってしまった壁の向こうで、何を見なくてはいけなくなるのか。考えなくてはいけないのに、動かなくてはいけないのに、脳が拒絶《きょぜつ》して思考が停止する。恐怖《きょうふ》に耐えることができない。そんな罪は背負いきれない。

ただただ、意味のない涙をこぼしてユーグと空を見上げていた。風が吹いて、空は青くて、それ以外の色彩《しきさい》なんて何もない。

ただ呆然と見上げる先で。

先で。

カツン、と音がした。

コロコロと、小さな金具が床を転がっていく。壁にぶつかった衝撃で落ちたのか、それともシャンデリアの残骸だろうか。

もう一つ、金具が落ちてくる。

明かり取りの小さな窓の横にある綺麗な大皿が揺れている。金具は皿を固定していたものらしい。呆然と見つめる先で、皿の裏から小さな手がにょっきり生えてきた。

手は皿の縁《ふち》を探《さぐ》るように動き、二、三度揺らしただけであっけなく大皿は落下した。

派手な破砕音に肩がびくりと揺れる。音に反応したらしい石の蛇が部屋の奥へ集中する。

大皿が取り除かれたその先、小窓の外に赤毛が見えた。

逆光にふわふわと薔薇色《ばらいろ》の髪《かみ》の毛《け》が揺れている。

揺れているが、そんなはずがない。

ありえない。だってこの建物に外階段はないし、明かり取りの窓の高さにバルコニーもない。赤毛の生首が三階相当の窓から登場したら、まずもって幽霊《ゆうれい》かモンスターの類いだ。化けて出るには早すぎる。思わず立ち上がってしまう。

「オ、オディール、なの？　生きてるの？　どうやってそんなところにいるの⁉」

「あら、お姉様は私がどの属性の魔術を使えるかお忘れなのね！」

ふふん、と胸を張る。

その背後に、冬でも青々とした蔦の葉がピカピカと光っていた。

「壁に生えていた蔦に少しだけ力を借りましたわ！　まぁ、魔術がなくたって、このくらいの壁なら登れたと思いますけれど！」

「……」

壁に生えていた蔦を操って、それをロープ代わりに登ってきたというのか。

そんな細い蔦でちゃんと支えられるのか、とか。

そのクライミング能力は令嬢としてどうなのか、とか。

言いたいことはたくさんあったけれど、頭上のオディールがあまりにも平常運転で、安堵でまた涙が出てしまった。

足下で、また氷の砕ける嫌な音がする。

オディールがぐっと小さな眉間《みけん》にしわを寄せて窓から引っ込む。すぐに隣の窓から顔を出して、今度は壁に掛かっている額縁《がくぶち》をガタガタと揺らしている。留め金が外れないのか、それでもその音はリュファスの注意を引いているらしい。

「お姉様！　リュファスを早く助けて差し上げて！」

「ええ、オディール」

頷いて歩き出す。足が震えて言うことを聞かず、少しも前に進んでいる感じがしない。

それでも、一歩一歩進んでいく。

また背後で何かが落ちる音がした。ついでに盛大に破壊される音も。

真下から石の塊に突き刺されないためには魔力を途切れさせるわけにはいかない。いよいよ魔力が枯渇《こかつ》しているのか、視界がかすむ。

リュファスは床に倒れたまま、浅く呼吸している。何かを言おうと開いたリュファスの口は、結局言葉を発することはなかった。同じように声をかけることもできない私の肩を、誰かがつかむ。

首だけ振り返ると、ユーグだった。頭を打ったのか、出血が襟元《えりもと》を汚している。

「危険、ですよ。ユーグ様」

「僕には魔力がありませんから。魔道具がなければどこにいても同じです」

凍り付いた床に靴《くつ》がへばりつくのか、それとも怪我《けが》が痛むのか、顔をしかめながらユーグは私の肩を支える。

また背後でもう一枚、陶器の割れる音がした。

歴史的な美術品が次々粉々になっていくのに、安心してしまう。

あの小さな野生児令嬢が生きていて、こんな自己愛ばかりの元凶を、自分勝手な姉を、助けようと必死になってくれているのが、図々《ずうずう》しいことに嬉《うれ》しいのだ。

涙をこらえ歯を食いしばって、また一歩足を踏み出す。

いくらオディールが身軽で、魔術が使えると言っても、幼い子ども一人をあんな危険な場所に長時間登らせておくのは絶対にだめだ。

「本当に、仲のいい姉妹ですね……羨《うらや》ましい」

ユーグがぽつりとつぶやく。

何度も何度も冷たく言われたその言葉が、初めて本音として語られた気がした。

「仲のいい兄弟になりたいのでしたら、あまり我が家は参考にはなりませんよ。殺してやりたいと思われるようなひどい姉ですから」

気絶してしまいそうな息苦しさをごまかすために軽口をたたく。

ユーグは少しだけ笑ったらしかった。

とうとう三歩の距離まで近づいて、膝をつく。凍りきらなかった冷たい水へ、祈るように両手を浸《ひた》す。ひゅう、と、冷えた空気が音を立て、続いて、パキパキと薄い氷の膜《まく》を張る。氷の蔦は、リュファスの肩を、襟《えり》を、髪を、頬を凍らせ、先端《せんたん》は薔薇の形をとって、革製《かわせい》の首輪にとりつき、氷塊は成長していく。

透明な二輪の薔薇に挟まれて、チョーカーの中央で怪《あや》しく光るエメラルドがきしむ。もう感覚のない指先を、手のひらごと水たまりへ突き立てた。

気合いに応えるように、氷の薔薇は一気に成長して大輪の花を咲かせ、自身も砕けながらエメラルドを破壊する。新緑を固めたような美しい宝石が、ぼろぼろと小さな破片になって、氷の上を滑《すべ》り、キラキラと水浸しの床に落ちていく。

瞬間、部屋中の床や壁に満ちていた圧迫感《あっぱくかん》のようなものが消えた。魔力渦がなくなり、石の床でうごめいていた蛇や爪が何事もなかったかのように平面に戻る。

「ど、して」

リュファスの声が小さくこぼれた。

「すまなかった。僕のせいだ」

「……」

凍り付いた床から、ユーグがゆっくりとリュファスを起き上がらせた。

「なんで、助けたんだよ」

リュファスの乾《かわ》いた声が、冷えきった空気をさらに凍らせる。息が白く濁《にご》り、消えていく。不信に満ちた赤い瞳を見下ろして、ユーグはためらいながら口を開いた。

「僕が、失うまで自分の願いにも気づけない愚《おろ》か者《もの》だからだ。お前を殺せなかった。助けたいと、思ったんだ」

「なんだよ、それ。意味わかんねぇ」

「本当に、すまなかった。責はすべて僕が負う。お前が望むなら、この腕と命を差し出してもいい。だから、どうか、兄のまねごとをする機会を与《あた》えてもらえないか。僕は」

ユーグがすがるような表情で私を見て、何かを決意したように口を引き結んだ。

風が吹いた。壁に空いた大穴からは、花の香りと共に春の陽気が流れ込んでくる。

「僕は、お前と兄弟に、なりたいんだ」

物言いたげな赤い瞳が、ユーグを見て、私を見て、惨状としかいえない部屋の中を見て。

それから、高い窓の外にいるオディールを見て目を丸くした。

「……なぁ、やっぱり俺死んだのか？　なんか幽霊が見えるんだけど」

ユーグも察したのだろう、頭上を振り仰《あお》ぐ。

「死んでもいないし、幻覚《げんかく》でもない。降りられますか、オディール嬢」

「ええ、もちろん！　それでリュファスはご無事？　お姉様は⁉」

軽快な声が降ってくる。

オディール、そう呼ぼうとして、上を向いた瞬間、視界が真っ暗になった。

落下するような浮遊感《ふゆうかん》と、右のこめかみに痛みを感じる。

誰かが名前を呼ぶ声を聞きながら、私は冷たすぎる水の底へ意識を手放した。

眠り姫

ベッドに横たわるジゼルの呼吸は浅く、血の気の引いた顔はクタールの雪よりなお白い。

側に用意された椅子《いす》に座って、ユーグは静かにジゼルを見下ろしていた。

騒動《そうどう》から丸二日がたっても、ジゼルは目覚めなかった。器《うつわ》に見合わない出力で魔力《まりょく》を過剰《かじょう》に使用したため、器そのものが大きなダメージを負ったからだ。

隣領《りんりょう》の伯爵令嬢《はくしゃくれいじょう》を招いて死なせたとあれば家門の評判はがた落ちだ。

生死の境をさまようジゼルに、あらゆる手を尽《つ》くすようクタール侯爵《こうしゃく》夫人は命じ、夜会に招待されていたクタールの傍系《ぼうけい》達も昼夜を通してジゼルの回復に尽力《じんりょく》した。

ジゼルの側を片時《かたとき》も離《はな》れようとしなかったオディールは、今日も続きの間に用意させたソファで眠《ねむ》っている。しばらくすれば、ダルマス家のメイドが回収しに来るだろう。

ユーグ自身も体は疲《つか》れているが、寝《ね》ている間にジゼルの呼吸が止まってしまったらと思うと、とても眠れなかった。

睡眠《すいみん》不足で思考がまとまらない。

「何がコップ一杯凍《いっぱいこお》らせるのがやっと、だ」

小さなつぶやきは毛足の長い絨毯《じゅうたん》に吸われて消えてしまう。

「何が聖女に届くだ。どっちにしろ、嘘《うそ》じゃないか。器の底まで魔力を引き出すだけで生死の境をさまようほど弱いくせに。君は本当に……大嘘つきだ」

早くジゼルに目覚めてほしかった。聞きたいことがたくさんあった。

何故《なぜ》魔力が強いことを最初から隠《かく》していたのか。

どうしてたった一週間しか面識のないクタール兄弟のために命まで懸《か》けてくれたのか。

水門のからくりを喜んでくれたのは、演技だったのか。

たった数日で満たされて粉々にされた、心臓の破片《はへん》を拾い集める。

語りかけても、返事はない。ジゼルは静かに眠っている。

何度も何度もためらって、ユーグはジゼルの手を握《にぎ》る。

水の属性を持つせいか、ジゼルの手はぞっとするほど冷たいのだ。

(君がこんな目に遭《あ》ったのは僕のせいなのに、僕はまた馬鹿なことを考えてる)

どうか。どうか、もう一度だけでも。

(あの日見た、冬の日差しに煌《きら》めく瞳《ひとみ》を見せてほしい。僕に向けたものでなくて構わない、笑ってほしい)

痛みに張《は》り裂《さ》けそうになる心臓を、胃液をそうするように飲み込んだ。

苦くて酸《す》っぱくてこれっぽっちも甘くないのに、祈《いの》るように乞《こ》わずにいられない。

(こんなに醜い感情なら、知らずにいたかった。魔力がないだけじゃない、こんな自分の弱さなんて、知りたくなかった)

砂漠《さばく》で見つけた葡萄《ぶどう》だと思った。手に入れさえすれば、渇《かわ》きが癒《い》やされると思った。だが、母親の妄執《もうしゅう》からも、自らの手で引き起こした弟の暴走からも、ろくでもない身内からも、何一つ守ってやれはしなかった。

それどころか逆に手を差《さ》し伸《の》べられたし、彼女は愛する妹を失うところだったのだ。そうなったなら、きっとジゼルは絶望してあの場所で死んでしまっていたはずだ。

弟殺しの罪に手を伸ばすユーグを見て、ジゼルは何を思っただろう。

思い出しただけで羞恥《しゅうち》と後悔《こうかい》で息が詰《つ》まりそうだった。

祈りと薪《まき》のはぜる音だけが聞こえる部屋に、キィ、と扉《とびら》の開く音がした。

オディール付きのメイドが入ってきたのかとユーグは気にも留《と》めなかったが、足音はジゼルのベッドのすぐ近くで止まったので、いぶかしんで顔を上げる。

ジゼルを挟《はさ》んで反対側に、リュファスが立っていた。

思わずユーグは、何故と問いかけそうになったが、自分も同じように忍《しの》び込《こ》んでいる身なので無駄《むだ》な問いだと思い直した。

専属の召使《めしつかい》に囲まれているユーグより、いないものとして扱《あつか》われているリュファスの方が自由が利《き》くのは当たり前のことだ。

ユーグは改めて、薄明《うす》かりに立ち尽くす弟の顔を見上げた。

癖《くせ》のある黒髪《くろかみ》に、赤い瞳。父親と同じ色彩《しきさい》を持った異母弟《いぼてい》もまた、丸一日寝込んでいた。

普段《ふだん》であれば適当な応急手当で放置されたかもしれないが、今回はリュファスこそを跡《あと》取《と》りにと推《お》す身内の手前、すぐに手厚い治療《ちりょう》が施《ほどこ》されたのだ。

広間を丸ごと破壊《はかい》した張本人が、対処をしただけで今にも死にそうなジゼルに比べて平然としているように見えるあたり、やはりリュファスは天才なのだろう。

「体はもういいのか」

「あー、うん。まぁ」

声をかけられたこと自体に驚《おどろ》いたという顔でリュファスは異母兄を見下ろし、居心地《いごこち》悪そうに首をさする。

もう、そこにはチョーカーははまっていない。

ユーグが視線でベッドわきのスツールを促《うなが》すと、リュファスはどっかりと腰掛《こしか》けた。

優雅《ゆうが》に椅子に座る動作など教わっていないし、そのことを引け目に感じることはないと言いたげな、開き直ったような粗雑《そざつ》さだ。

「僕を殺しに来たのか」

「待て待て、何でだよ⁉」

思わずといった調子で大きな声が出てしまい、リュファスは慌《あわ》てて自分の口を押《おさ》える。

ジゼルの瞼《まぶた》はぴくりともしない。静寂《せいじゃく》の中で風が窓をたたく音だけが繰《く》り返《かえ》される。

ユーグはリュファスを見ない。ただジゼルの横顔を見つめている。

「じゃあ腕《うで》か。別にいいが、場所を変えるぞ。僕の部屋、だと騒《さわ》ぎになるか。どうせ叔父《おじ》か叔母《おば》か、あの魔術師共が用意した隠し部屋があるんだろう、連れて行け」

「待てって。発想がグロい。貴族式のケジメってやつなのか？　怖《こわ》すぎるだろ」

「命を懸けて償《つぐな》うと言っただろう。二言はない」

「だから待てっつってんだろ。クソ真面目通《とお》り越《こ》して馬鹿かよ」

馬鹿という言葉に、わかりやすく不機嫌《ふきげん》な顔でユーグは顔を上げた。

リュファスはリュファスで呆《あき》れた顔をしている。

数秒、兄弟はにらみ合って、先に両手を上げたのはリュファスだった。

降参というよりは、お手上げだというポーズだ。

「謝らないぞ。腕でも命でもくれるんだろ。ため口きいたくらいで怒《おこ》んなよ」

「別に怒ってなどいない」

「いや怒ってるだろ」

「うるさい。オディール嬢《じょう》が起きるぞ」

「そ、れは……はぁ。わかった」

衝立《ついたて》の向こう側、赤毛のウサギは安らかな眠りの国にいる。

もしも目を覚まして、マナーのなっていない紳士《しんし》の卵達が眠れる小さな貴婦人の隣に陣《じん》取《ど》っているのを見たら、即座《そくざ》に行動に移すだろう。

すなわちお説教と懲罰《ちょうばつ》だ。相手が格上の令息でも容赦《ようしゃ》はするまい。

兄弟は黙《だま》り込《こ》んで、なんとなく二人の間に眠るジゼルに視線を落とした。

魔力の器さえ修復できれば、目が覚めるだろうと医者達は言っていた。

体が弱りきるのが先か、魔力の回復が先か、ここから先はジゼルの体力次第《しだい》だ、とも。

時計の振《ふ》り子《こ》が動く音だけが部屋に満ちる。

兄弟は黙ったままジゼルの呼吸を確認《かくにん》していたが、やがてリュファスが顔を上げた。

「なぁ、なんで、チョーカーを壊《こわ》そうとしたんだ？」

リュファスは正しく、ユーグの行動を見ていた。とても冷静に、その攻撃《こうげき》がユーグの肌《はだ》ではなく首元の魔道具《まどうぐ》にだけ害を与えるものだったと判断したのだ。

ユーグは祈るように手を重ねたまましばらく動こうとはしなかったが、やがて小さくため息をついて体を起こした。

疲れた表情を隠すこともせず、リュファスを見る。

そうでなくとも、ここ数日の睡眠不足で本当に疲れているのだ。判断力が鈍《にぶ》っている。

（だから、これは戯言《たわごと》だ）

薬湯とまじないの香りのする夜の空気を吸い込んで、ゆっくりと吐《は》き出《だ》す。

「お前がこの家の嫡子《ちゃくし》になればいいと思ったんだよ。お前の持っている本来の魔力さえ示せば、それが叶《かな》う。そういう家だからな」

それはこの家の呪《のろ》いそのものだ。

「今みたいに軟禁《なんきん》なんかされないで、クタール侯爵家の跡取りとして正式な教育を受けて、そうだな、魔術院にでも行って。出世して、王太子殿下《でんか》に目をかけられて、魔力の強い古い家柄《いえがら》の娘《むすめ》と結婚《けっこん》して。悪い人生じゃないだろ。金はあるし、院での活躍次第《かつやくしだい》で英雄《えいゆう》にだってなれる」

平民の身からすればまさに薔薇色《ばらいろ》と呼べるような、成り上がりの未来予想図だろう。

乾《かわ》いたユーグの言葉が、薔薇色とはほど遠い乾いたパンくずのように床《ゆか》に落ちて転がっていく。絨毯の毛足が長いので音がしないだけで、もしもこれが板張りの粗末《そまつ》な部屋だったらカサカサと音がしただろう、それくらい不毛な言葉だった。

「それで？　俺が当主になったら、お前はどうするんだよ」

「家を出て、自由になるさ」

「はっ」

リュファスは鼻で笑う。月光を背にして、その表情はユーグから見えなくなるが、瞳の赤だけがまっすぐにユーグを見ていた。

その血に巡《めぐ》る魔力のせいか、リュファスの瞳は暗闇《くらやみ》の中でさえ怪《あや》しい光をたたえている。

「そりゃまた素敵《すてき》な人生設計だな」

声は平坦《へいたん》で何の色もない。

ユーグは答えない。代わりに、口元に浮《う》かんだのは笑《え》みだった。皮肉と罪悪感をない交ぜにした奇妙《きみょう》な笑みだ。

二人分の沈黙《ちんもく》の前で、時折ジゼルの指先が動き、空気を凍らせる。月光に細かな氷の粒《つぶ》が浮かび、すぐにかき消える。ひび割れた器から魔力が漏《も》れ出しているのだ。

そのたびにジゼルの表情が曇《くも》り、呼吸が乱れるのを、二人は息を殺して見つめていた。

「生きてさえいれば」

ぽつりと、リュファスがつぶやいた。

「生きてさえいれば、いつかきっと、報《むく》われる日が来るってさ」

「？　なんだいきなり」

「ジゼルが言ってたんだよ。そう信じて生きてるって、そう言ってた。なんでだろな。妹はまぁ、あんなだけど。うちと違《ちが》って、全然幸せそうに見えるのにな。貴族ってよくわかんないな」

片膝《かたひざ》を立てて抱《だ》き込《こ》んで、静かにつぶやく。

リュファスの無作法にユーグは何を言うこともなく、ただその向こうにある窓越《ご》しの月を見上げていた。

こんなに寂《さび》しい夜に、頼《たよ》れるものが何もない子どもばかりが客間に取り残されている。

「逃《に》げたいのか」

「そりゃな」

「ここを出ることができても、平民に戻《もど》れば母上が何をするかわからないぞ」

「いやもう十分されてるけどさ。まぁ、わかるよ。この城を出たら、クタールの人間じゃなくなるってことだ。今あの人が俺を殺したくてもギリギリ耐《た》えてんの、そこだけだろ。この城で俺が死ねば、親戚《しんせき》連中が黙ってないから、それだけだ。儚《はかな》い命綱《いのちづな》だよな」

それはこの半年間、城から排斥《はいせき》されたはずの親族からの接触《せっしょく》があったことを認める言葉だ。女主人の命令に意味はなく、一族の恭順《きょうじゅん》は偽《いつわ》りだ。

「かといってあの化け物みたいな親戚を頼る気もしないもんな。洗脳とか平気でやりそうだし、あいつら」

「そうだな」

「連れてこられた時点で詰んでるとか終わってるな」

「産まれた時点で詰んでる僕に言うことか」

「はは、確かに」

二人、笑い合う。

笑顔《えがお》とも言えない、痛みをこらえるような苦笑《くしょう》でしかなかったけれど、初めて互いの笑顔を見た気がした。

「それじゃあ、生き残るための提案だ」

リュファスは立ち上がり、ユーグを見下ろす。月光を背中に受けて、リュファスの癖のある黒髪がほんのり青く光っている。

「俺達二人が独り立ちできるまで。兄弟になろう、ユーグ」

ユーグが目を見開く。初めて、リュファスがユーグの名を呼んだからかもしれない。

まっすぐに、リュファスがユーグに手を差し出した。

「俺に貴族としての生き方ってやつを教えてくれよ。兄貴らしくな。そしたら、弟の俺は魔力が必要な場面であんたのことを助けてやる。俺がお前に取り込まれたって判断されれば、親戚連中だって今みたいに堂々と立ち回れないだろ。ただ、まぁ、侯爵夫人からは守ってくれよ？」

「……僕に都合が良すぎる。この上、お前を利用する恥知《はじし》らずになれと言う気か？」

「俺にだって都合がいいんだからいいだろ」

「リュファス」

初めて、ユーグはリュファスの名を呼んだ。

ただその名を呼んで、言葉が出なくて、何度ももどかしげに唇《くちびる》を噛《か》んだ。

見下ろす視界で、ジゼルは静かに眠っている。

生きてさえいれば、そう言っていた本人が、命を投げ出してまで守ろうとしたものがこれなのだとしたら、なるほどオディールは正しかった。

きっと、失えば後悔していた。

後悔するほどの価値のあるものだということすら知らずに失うところだったのだ。

にじみそうになった涙《なみだ》をこらえて、ユーグは立ち上がる。

勢いよくリュファスの手を取って、しっかりと握った。

その時初めて、リュファスの手が震《ふる》えていたのだとユーグは気がついた。

「必ずお前を守る。お前の許しに、僕は絶対に報いてみせる」

はっきりとそう宣言したユーグに、リュファスは「堅苦《かたくる》しいなぁ」と笑ってみせた。

またジゼルから漏れ出した魔力が煌めく粒になって空中で消える。

自然と二人は眠るジゼルを見下ろした。

「報いるって言うなら、ジゼルにもだよな」

「オディール嬢もだ。まぁ、こちらの許しを得るのは大変そうだが」

「確かに」

ひっそりと笑い合って、思わず衝立の向こうを確認してしまう。

今にも弾丸《だんがん》のようにオディールが飛び起きてくる気がしたのだ。

そうでなくとも、淑女《しゅくじょ》の寝室《しんしつ》に真夜中に居座《いすわ》るのは褒《ほ》められたことではない。

ジゼルの左手を優《やさ》しくすくい上げると、ユーグはその甲《こう》にキスをした。

あまりにも貴族らしいユーグの仕草に、気恥《きは》ずかしそうに目を泳がせていたリュファスも、ジゼルの右手を握ってペンダントに祈りの言葉をつぶやいた。

兄弟達がつないだ絆《きずな》と、初恋《はつこい》に誓《ちか》った言葉を、他に聞く者はいなかった。

目が覚めて

なんだか、寝《ね》ている間に重たすぎる何かを胸の上に載《の》せられた気がした。

金縛《かなしば》りか、それともクタールの古城に住まう幽霊《ゆうれい》か何かだろうか。

病人の寝床《ねどこ》でそんな拷問《ごうもん》めいたイベントを発生させないでいただきたい。そうでなくとも体中がきしみ、頭痛がするというのに。

目が覚めて最初に叔父《おじ》が私に告げたのは、リュファスとの婚約《こんやく》が白紙になったということだった。

「誓約《せいやく》をする前で本当に良かったよ。とりかえしのつかないことになるところだった」

目の下に濃《こ》い隈《くま》をこしらえて、叔父は深々とため息をついた。

「何故《なぜ》ですか？」

私に望まない結婚《けっこん》をさせないために商会ごと走り回っていたのは察していたが、一体どんな駆《か》け引《ひ》きがあったのだろう。

「お前とリュファス様では子どもが望めないからだよ」

「？」

意味が飲み込めず、目を丸くしてしまう。

「医者に頼《たの》んでいろいろと調べてもらったんだが、リュファス様の魔力《まりょく》は強すぎる。魔力の総量もだけれど、それを巡《めぐ》らせる体にも恵《めぐ》まれて初めて発揮できる天性の才だ。比べて、お前は魔力自体は強いが、体も魔力の器《うつわ》も弱い。水を満たしているだけでひび割れてしまうガラスの器に、さらに水を注げばどうなると思う」

あ、と間抜《まぬ》けな声が漏《も》れた。

「粉々になって楽園の門をくぐることになりそうですね」

「本当に、そんなことにならなくて良かった良かった」

考えてみれば自明だったが、自分が子どもを産むということをリアルに考えていなかった。

リュファスの魔力と私の虚弱《きょじゃく》な体を持った子ども。そんな魔力の塊《かたまり》のような赤子を妊《にん》娠《しん》したら、おそらく私の体がもたない。

貴族の嫡子《ちゃくし》の婚姻としては致命的《ちめいてき》だ。

だが、誓約を交《か》わした後で判明したのであれば、それを破棄《はき》することはできなかっただろう。きっとクタール侯爵《こうしゃく》夫人が許さない。叔父がやれやれとため息をつく。

「我が子を守る母親というのはここまでするものかね。義姉《ねえ》さんが生きていたら、怖《こわ》いことになっていただろうな」

「そう、ですね」

睡蓮池《すいれんいけ》を凍《こお》らせて、私が寝込んだ日。クタール侯爵夫人はわざわざ医者を呼び寄せた。

領内で有名な名医だという彼は、私の状態をつぶさにクタール侯爵夫人に伝えたはずだ。

ユキアサガオ茶を飲ませたのは自身の目で最終確認《かくにん》をしたかったからだろう。そして、私が強い魔力に耐《た》えられない体だということを、確信した。

だからリュファスとの婚約を提案したのだ。

ジゼルをクタール侯爵家に迎《むか》え入《い》れたとしても、一番心配している魔力の強い子どもは絶対にジゼルの腹からは生まれない。

本人の魔力は強いが、後継者《こうけいしゃ》の望めない庶子《しょし》。

貴族院の判断を待つことなく、侯爵家の後継に選ばれることは絶対にないだろう。

婚約に必要な書面はそろっていた。一族の同意と祝福も送られていた。

婚姻後、リュファスとジゼルが子どもを望んだ時、一族の魔術師《まじゅつし》達はようやく伏《ふ》せられたカードの中身を知ることになるというわけだ。

一族の老獪《ろうかい》な魔術師達を出《だ》し抜《ぬ》いて、クタール侯爵夫人は嘲笑《あざわら》っていたのだ。

後継者としてのユーグの地位を確立させるためなら、親友の娘《むすめ》など捨て札で構わない。

（というか、最初からクタール侯爵夫人、私達のこと孕《はら》み腹としか見てなかったな）

母と親友というのがどこまで本当か怪《あや》しくなってきた。そもそも魔力の強い相手にユキアサガオ茶を飲ませる関係、もしかしなくても仲が悪かったんじゃなかろうか。

ずっと原作のジゼルがリュファスと婚約することになった経緯《けいい》が謎《なぞ》だった。

大筋は変わらないのだろう。

最初は魔力さえ強ければユーグの婚約者《こんやくしゃ》にと望んだ。けれど、ジゼルが強すぎる魔力に耐えられない体だということを知って、リュファスの婚約者にすることにした。

原作のリュファスルートでは、健全な肉体と強い魔力を持ったヒロインがリュファスと結ばれることになるが、その報告をクタール侯爵夫人はどんな顔をして聞いたのだろう。

考えただけで震《ふる》えが止まらない。

ふとベッドの隣《となり》を見ると、白薔薇《しろばら》が生けてあった。

東洋趣味《しゅみ》なこの古城にあまり似つかわしくないそれは、銀の花器に控《ひか》えめに一輪だけ咲《さ》いている。

私の視線を追った叔父が、ふと微笑《ほほえ》んだ。

「オディールはジゼルにべったりだな」

「え？」

「その薔薇、ジゼルが倒《たお》れた時にダルマスの温室から持ってこさせたんだろう。兄さんが植えた『ジゼル』だよ。同じ名を持つ花は、お守りになるからね」

親の愛にあふれた、ささやかなおまじない。

ユーグに聞かれた時は答えられなかったけれど、私にも、同じ名前の花があったらしい。

私が見向きもしなかっただけで、両親に愛されていたのだと理解する。

同時に、『ユーグ』を思った。

あの睡蓮池の『ユーグ』は、きっと夏になれば花を咲かせる。泥《どろ》の中からでも、きっとしっかりと咲いてくれる。

リュファスを最後の最後で諦めなかったユーグの未来を信じたかった。

「そういえば館の赤薔薇はほとんどみんな『オディール』になってしまったな」

赤い薔薇にあふれた、赤いレンガの館。

子どもの健《すこ》やかな成長を願って、祈《いの》るように植えられた花。

けれど、私は白い薔薇を見た気がした。

いつか、ダルマスの館で寝込んだ時、一輪だけ生けられていた真っ白な薔薇だ。

あの時、なんとなく理由を聞きそびれた花。もしかして。

「『ジゼル』は美しいんだがとにかく繊細《せんさい》な薔薇だったから、『オディール』にはずいぶんと金をかけて、強い薔薇になるように兄さんが作らせたんだ。雑草すら飲み込むほど強くなるとは思っていなかったけどね。庭師が怯《おび》えるほどの生命力なんて素晴《すば》らしいだろう」

それは悪口ではなかろうか。いや、本気で褒《ほ》めているのか。

叔父の姪《めい》っ子愛が深すぎて判断ができない。

ほとんど『オディール』に『なってしまった』ということは、他の植物を駆逐《くちく》しているのか。

叔父が薔薇を外に出さないために塀《へい》を高くしたと聞いたけれど、それって門外不出で大切にしているというよりは外部環境《かんきょう》の生態汚染《おせん》を防ぐための隔離的《かくりてき》な処置だったのでは。

言われてみれば、あの館の庭で赤薔薇以外を見たことがほとんどない。ロマンチックな薔薇の庭が、一気にバイオハザード目前のマッドな実験場に見えてきた。

「あの子の魔力は植物と相性《あいしょう》がいいからね。毎日毎日『ジゼル』のために裏の温室に通《かよ》い詰《つ》めて、魔力を分けてあげていたよ。いじらしいじゃないか」

「叔父様!!」

中年のおじさんのデレデレした顔を見上げていたら、子ども特有のハイトーンな声が、最大音量で鼓膜《こまく》をつんざいた。

小さなレディが仁王《におう》立《だ》ちしている。

顔が真っ赤だし、ぷるぷる震えている。

「絶対に言わないでって約束したでしょう!?」

「オディール」

「やぁオディール。今日も可愛《かわい》いね。愛しているよ」

「私、時々叔父様が言ってること全然わからないわ!?」

それは私もそう思う。

白い薔薇を見て、オディールの赤毛がふわふわと揺《ゆ》れているのを見ると、笑い出したくなるような、胸が温かくなるような、泣きたくなるような、不思議な気持ちになった。

「オディール、ありがとう」

「ち、違《ちが》うわ！　私じゃない、私じゃないったら!!」

恥《は》ずかしさから顔を九十度以上そらしながらも、プライドが逃走《とうそう》を許さないらしい。

ぷるぷると震える小さな子どもを手招きする。

オディールは数秒ためらって、それでもつんと顔をそらして、レディにあるまじき大股《おおまた》でズカズカと部屋を突《つ》っ切《き》った。

不安に揺れる瞳《ひとみ》を見下ろして、小さな肩《かた》を抱《だ》きしめる。

多分、オディールがいなかったら、私は我が身可愛さで人の道を踏《ふ》み外《はず》していたと思う。

ユーグに殺されたリュファスの死体を見下ろして、ほっとしていたかもしれない。

「……でも、まぁ、今回は助けてくださったから。許して差し上げるわ！」

ぎゅう、と。心臓が絞《しぼ》られる。

無辜《むこ》の信頼《しんらい》がゼロ距離《きょり》で罪悪感を撃《う》ち抜いていく。

「……助けてなんか、ないわ」

「お姉様？」

「私が巻き込んだのよ。ごめんなさい、オディール。私が、私ばかり生き残りたいって、ひどいことを」

頭が痛い、そう思った時には頰《ほお》を涙《なみだ》が伝っていた。自分を哀《あわ》れむ涙なんて、卑怯《ひきょう》すぎて止めたいと思うのに、あとからあとからあふれてくる。

嘘《うそ》をついた代償《だいしょう》。

自分だけが助かろうとした代償。

それから、自分のために妹を犠牲《ぎせい》にしようとした代償。

全部私の自業自得《じごうじとく》で、身勝手が過ぎて自己嫌悪《けんお》で死んでしまいたくなる。

何が、私は私を好きになりたい、だ。

オディールが都合良く私の望むおしとやかな令嬢《れいじょう》になっていたら、きっと今回誰《だれ》かが死んでいた。

私は私が否定するものに助けられたのだ。

目の前でこんなに生き生きと輝《かがや》いている妹に、ちっとも目を向けていなかった。

無理やり型にはめて、賢《さか》しらに説教をしたりして、本当に。

これではどちらが悪役令嬢《あくやくれいじょう》だかわからない。

「お、お姉様！　楽園の門をくぐったりしたら、許さないからね⁉」

「うん、ごめんね」

生き残るという言葉に反応したのか、ぎゅっとオディールが背中に手を回してくる。

小さな手では、子どもの私の背中も守ることができない。

教育を強要するより先に、信頼関係を築くべきだった。

姉の名を持つ薔薇を、たった一人枯《か》れないよう守り続けていた子どもの、ひたむきな愛情に気づきもしないでいた。

すり減らして傷ついて、それでもなお愛してくれる小さな妹に、私はまず愛情を返すべきだったのだ。

ジゼルが生き残るためではなく、生きていくために。

後悔《こうかい》はたくさんあるけれど、まだ引き返せる場所に私はいる。

道を残してくれたのはオディールだ。私は報《むく》いなくてはいけない。

「あのね、お姉様」

「うん」

「いっぱいお皿とか割ってしまったのだけど、すごく綺麗《きれい》な絵皿ばっかりだったわ。クタール侯爵夫人に謝った方がいいかしら」

「……私を助けるためだったんだから、私が謝るわ」

「でも、割ったのはリュファスよ」

「そうね」

「それに、そうなったのはユーグ様のせいだし」

「そうね」

「侯爵夫人にも、侯爵にも責任があると思うの」

「そうね」

「私と一緒《いっしょ》に謝ってくださったら、お姉様を許して差し上げてよ。お姉様だけのせいではないんだもの」

「……ありがとう」

腕《うで》の中の体温が、瞼《まぶた》をゆっくりと下ろしていく。

無防備に愛情を求める姿にどうしようもなく胸が痛む。

この子に、間違《まちが》っても、愛されていなかっただなんて言えるわけがない。

(決めた)

「オディール」

「なぁに、お姉様」

(ジゼルとして生きる。この子を愛する姉として、今度こそちゃんと生きる)

「……あなたは」

死亡フラグなどではなく。

もっと、愛《いと》しく大切な。

「あなたは、私の希望だわ」
薔薇色《ばらいろ》のつむじにキスをした。

悪役令嬢の姉ですが、モブでいいので人としてまっとうに生きたい。

一族会議

　身内と親しい友人を招いて行われるはずだったささやかな夜会は、被害者《ひがいしゃ》の容態の安定を待って、怒号《どごう》と金切り声の飛《と》び交《か》う一族会議へと予定を変更《へんこう》された。

　外部の証人として、直接の被害者であるジゼル伯爵令嬢《はくしゃくれいじょう》が招かれ、縦に長い机の最奥《さいおう》に席を用意された。その左右にユーグとリュファスが座り、クタール侯爵《こうしゃく》夫人と一族の魔術師《まじゅつし》達が順に残りの席を埋《う》める。

　議題は今回の騒動《そうどう》の責任追及に始まり、リュファスの魔力《まりょく》暴走の原因に焦点《しょうてん》が当てられた。城への出入りを禁じられていた親族達はこぞって夫人の落ち度だと罵《ののし》り、事故を引き起こしたユーグには侯爵家の後継《こうけい》としての資格がないと唾《つば》を飛ばしてわめき立てた。

「魔力暴走など！　リュファス様に強い魔力があることはわかりきっていたことではありませんか！」

　魔術院のローブを翻《ひるがえ》し、蛇《へび》のような目をした男が口を開く。

　嫌悪《けんお》を隠《かく》すことなくクタール侯爵夫人が応じる。

「ええ、ですから魔力封《まりょくふう》じの魔道具《まどうぐ》を用意したのです」

「暴走を止める方法も知らない子どもにね！　ろくな教師をつけなかった証拠《しょうこ》でしょう。最高の素材を放置しておいて、侯爵家の女主人を名乗ろうなどと、おこがましい！」

「もちろん、相応の教師を探しておりました。あの子が今少し高貴の出であったなら、もっと早く引き受けてくださる方を見つけられたのでしょうけれど」

「よくもまぁそんなことを！　クタールの直系に師と仰《あお》がれるなんて、この国の魔術師でこれほどの名誉《めいよ》はないはずです！　夫人は一族を侮辱《ぶじょく》なさるおつもりですか⁉」

「そもそもリュファス様を救うため、ジゼル伯爵令嬢は命の危険にさらされたのですよ。か弱い淑女《しゅくじょ》の背中に隠れていたなどと、王国の杖《つえ》の後継を名乗るには、いくらなんでも情けない話ではありませんか」

　部屋のあちこちから、同意の声が上がる。

　ユーグは黙《だま》ってそれらを聞いていた。

（落とし所は、そうだな。本家への立ち入り禁止の解除と、リュファスの家庭教師としての滞在《たいざい》許可、教育費として予算の要求、といったところか）

　同じ場所を回るだけの不毛な言い合いを小一時間も繰《く》り返《かえ》した頃《ころ》、不意に入り口のあたりがざわついたと思ったら、大きな音を立てて会議室の扉《とびら》が開かれた。

　何事かと扉に向き直った一同の視線の先に人はおらず、斜《なな》め三十度ほど下方に揺《ゆ》れるふわふわの赤毛に、視線の修正を余儀《よぎ》なくされる。

オディールが仁王立《におうだ》ちしていた。

無論、十歳の少女は招かれざる客だ。証人には伯爵家の嫡子が列席しているのだから。

オディールは険しい表情で一族をにらみつけ、最奥で着席しているジゼルを見つけるや否《いな》や、野ウサギの速度で会議室を走《はし》り抜《ぬ》けた。

目を白黒させているジゼルに抱《だ》きつくと、姉の両頬《りょうほお》を小さな手でぎゅっと挟《はさ》む。

「ああもう！　やっぱり！　顔色が良くないわ。本当にこの家の方々は配慮《はいりょ》ってものが足りないんだから！」

訳もわからず首をかしげるクタール家の面々を前に、オディールは扉を振り返った。

「ほら言ったでしょう、叔父様《おじさま》。病《や》み上《あ》がりのお姉様を連れ出して、くだらない話ばかりしてるに決まってるって！」

再度、扉に注目が集まる。よろめきながら会議室へ足を踏《ふ》み入《い》れたのは、簡素な服装をした男だった。黒い髪《かみ》、赤い瞳《ひとみ》、リュファスと同じ色彩《しきさい》に、一族は言葉を失う。

クタール侯爵がそこにいた。

そしてその後ろに立っていたのは、パージュ子爵《ししゃく》だった。赤毛の悪人面《あくにんづら》が、侯爵の肩《かた》をつかんで引きずっているようにも見える。

眉間《みけん》にしわを寄せた怒《いか》れる大男と、怯《おび》えたように目線をさまよわせる痩《や》せ型の男は、まるで借金取りと債務者《さいむしゃ》のようだ。

「遅《おく》れて申し訳ない。当商会の力を結集して尽力《じんりょく》したのですが、ここクタールは侯爵様の庭。王国の星と呼ばれた魔術師に本気で逃《に》げ回《まわ》られましてはなかなか捕《と》らえられず。さすがに骨が折れました」

口先ばかり丁寧《ていねい》に、パージュ子爵はクタール侯爵の後ろに立つ。

クタール侯爵は蚊《か》の鳴くような声で「ロベール……」とパージュ子爵の名を呼んだが、やがて観念したのか一族の集《つど》う会議室へ向き直った。

蛇の目が、蝙蝠《こうもり》の目が、小鳥の目が、そして妻と息子《むすこ》が、一斉《いっせい》に侯爵を見た。

思わず一歩引いたクタール侯爵の背中とパージュ子爵の胸板《むないた》がぶつかる。

「パージュ子爵。これはどういうことです」

クタール侯爵夫人の言葉には抑揚《よくよう》がない。とても静かで、凪《な》いだ湖面のようだ。

「どうとは、異なことをおっしゃる。今回の件、私の可愛《かわい》い可愛い姪《めい》の被害《ひがい》を鑑《かんが》みれば、まず侯爵様から正式に謝罪があるのが筋でしょう」

格下の家からの図々《ずうずう》しい言い分に、にわかにクタール侯爵家の面々が気色ばむ。

怒りと共に糾弾の声が上がるより早く、か弱い声が「叔父様」とパージュ子爵を制した。

これまで彫像《ちょうぞう》のように黙っていたジゼル伯爵令嬢に視線が集まる。

この世のすべての不幸を背負わされたような儚《はかな》げな少女を前に、その身内を口汚《くちぎたな》く罵ることははばかられたらしい。咳払《せきばら》いがいくつか漏《も》れる。

「ロドルフォ。かつて君が私を友と呼んでくれたから、私も君を友と思って一度だけ忠告しよう。君は自らの行いを自ら選択《せんたく》し、正しく清算すべきだとね。君が『選ばない』ことで逃げ回るせいで、君の奥方《おくがた》も子ども達も傷だらけじゃないか。他人の家のことだから口出しをすべきでないと控《ひか》えていたが、今回ばかりはだめだ。ジゼルが巻き込まれた」

魔術師達の視線などものともせず、パージュ子爵はクタール侯爵だけに語りかける。

「我が友である君ならば、私が愛する人のためなら何だってする人間だと知っているだろう。私の愛する姪っ子達。毛皮と宝石で囲って大事に大事に守ってきた私のジゼルが、君のとこの後継問題のせいで楽園の門をくぐりかけたことに、はらわたが煮《に》えくり返って笑いが止まらないんだよ」

パージュ子爵の笑顔《えがお》はもはや笑顔のていをなしておらず、野生の獣《けもの》が威嚇《いかく》するのに似た、歯をむき出しにした笑顔だった。その笑顔のまま、クタール侯爵夫人に向き直る。

「我が姪も長時間の会議にはまだ体が耐《た》えられないでしょう。埒《らち》があかないので『解決策』をお連れした次第《しだい》です、侯爵夫人」

突然《とつぜん》の闖入《ちんにゅう》者に一族の魔術師達は動揺《どうよう》したが、パージュ子爵の前で卑屈《ひくつ》に怯えた様子を見せるクタール侯爵に、すぐに笑《え》みを浮《う》かべる。

（侯爵を連れてきたのなら好都合。星をつかむほどの魔術《まじゅつ》の才がありながら、戦場へ立つこともできない臆病者《おくびょうもの》め。留守中、侯爵夫人がリュファスにしでかした所業をつまびらかにすれば、罪悪感に耐えかねてリュファスを嫡子に指名するだろう。他の家ならともかく、このクタールで、魔力のない当主などありえないのだから）

無駄《むだ》な抵抗《ていこう》をしてクタールの家をひっかきまわす侯爵夫人に、そろそろ現実をたたきつけてやるべきだ。無礼な子爵のことを寛大《かんだい》に許すそぶりで椅子《いす》に座り直す。

一方、クタール侯爵夫人は眉間にしわを寄せている。嫡子を指名する権利は当主と法のみにある。今この場で侯爵がリュファスを後継に指名すれば、一族が証人となってしまう。

「父上」

口火を切ったのはユーグだった。

部屋中の視線がユーグに集まっても、ユーグは落ち着いている。

以前は傍系《ぼうけい》の魔術師達に会うたび喉《のど》の奥がしびれたように動かなくなって、逃げ出さないように奥歯《おくば》を食いしばる必要があった。

クタール侯爵家の令息として、侮《あなど》られまいと必死で背筋を伸《の》ばしていた。

今はただ、目の前の騒乱が馬鹿馬鹿しく、愚《おろ》かしい。

ユーグは隣《となり》の席のジゼルを見た。

さも当然とばかりにジゼルの膝《ひざ》に乗り上げて抱きついているオディールが目に入る。

姉妹《しまい》の仲睦《むつ》まじい姿に苛立《いらだ》ったのは、本当は心の底から欲しかったものだからだ。

目をそらして、無視をし続けてきた。

無償《むしょう》の愛情、甘えを許される兄弟、危機に駆《か》けつけてくれる親族。

（ない物ねだりはもういい。僕は、僕の手の中にある星を守らなくては。そのための力を得るためなら、嫡子にでも後継にでもなってやる）

視線を父親に戻《もど》す。簡素な平服なのは、城下町に隠れていたからだろう。

その逃走《とうそう》のための情熱を、ほんの少しでも内政に使っていれば、こんな事態を引き起こすことはなかったのに。苛立ちが募《つの》る。

「一族もそろっています。いい機会ですから、このクタール侯爵家を受《う》け継《つ》ぐ人間を決めていただけませんか？」

侯爵は息子達を見る。赤い瞳が、ユーグとリュファスの間で泳いでいる。

「リュファスを嫡子に指名するというのなら、僕はこれ以上、父上に求めることはありません。一体何が、父上の心を迷わせているんですか」

「……ユーグ」

息子の名を呼んで、クタール侯爵は何度もためらい、息を吸ってはただ吐《は》き出《だ》した。

「私はただ、望まない座をお前に押しつけることを、したくなかったんだ」

クタール侯爵の言葉に、侯爵夫人が眉をつり上げた。

「王国の杖。魔術院に連なる魔術師達を率いて、最前線に立つ。それがクタール侯爵家だ。魔力のないお前が杖を振るったところで何になる。魚に空を飛べと命じるようなものだ。

針のむしろへ我が子を喜んで投げ込む者がいるものか」

「では、何故《なぜ》リュファスを指名しないのです」

ユーグの口調は揺るぎない。

傷ついた様子もなく、淡々《たんたん》と父親に問う。

クタール侯爵は居心地《いごこち》が悪そうに目を泳がせて口の中で何事かつぶやいていたが、やがて深くため息をついた。

「フェデーリカが、お前を嫡子にしたいと望んだんだ。私が傷つけた私の妻が、そう望むのを、どうして無視できる」

「なんでお前が被害者面してんだよ」

怒りを含《ふく》んだリュファスの声が会議室に響《ひび》く。

クタール侯爵と同じ赤い瞳が、まっすぐに父親を射貫《いぬ》いた。

「全部自分の蒔《ま》いた種だろ。今までこの家の誰《だれ》も俺の言うことなんか聞こうとしなかったけどな。俺は身代わりも生け贄《いけにえ》もお断りだ！　こんな化け物屋敷《やしき》の当主になんか誰がなるかよ！」

親族の中から悲鳴のような声が聞こえた。

しかし、リュファスの席まで手を伸ばすことはできず黙殺《もくさつ》される。

「リュファスはこう言っています、父上。僕としては望まない者を嫡子の席に座らせるつもりはありません。それとも、まだ他に『選択肢《せんたくし》』がいるんですか？」

「まさか！　ありえない。私の心の弱さ故《ゆえ》だ。ただ一度の過《あやま》ちだ。お前が私を許せないというのは理解できる。だが、ユーグ、その道は茨の道だ。今、私がお前を嫡子に指名すれば、いつかお前は真実私を恨《うら》むことになるだろう」

「僕は自分の選択を父上のせいになどしませんよ」

ユーグが冷たく父親を切って捨てる。

「主神エールに誓《ちか》いましょう。僕は僕の意思でクタール侯爵家の後継となることを望みます。この身にどのような不幸が訪《おとず》れようとも、この選択は僕だけのものです」

宣誓《せんせい》は朗々と部屋に響いた。

雷《かみなり》に打たれたように呆然《ぼうぜん》としていたクタール侯爵が、がくりとうなだれる。

「そうか……そうか。なら、いいんだ。それなら、お前を嫡子に」

「いいえお待ちを！」

恰幅《かっぷく》の良い女魔術師が立ち上がった。

「今回の件、ユーグ様がリュファス様に暴力を振るったせいで、魔道具が壊《こわ》れたのですよ！　侯爵家の財産とも言うべき魔力の器《うつわ》を失うところでした。身内殺しをよしとするような子を、侯爵家の主として認めることはできませんわ。そう思いませんか、皆様《みなさま》！」

ユーグはジゼルを挟んで反対側の席に座るリュファスを見た。

さっきからリュファス本人を前にして堂々と素材や器扱《うつわあつか》いする親族達にユーグは多少なりと驚《おどろ》いたのだが、当の本人は驚いた様子もなくうんざりと傍系達を見ている。

魔術師は基本的にプライドが高く、魔術に傾倒《けいとう》するあまり人の心を失いがちだと揶揄《やゆ》されることがある。

（その点、僕の一族はそろって魔術師だからな。本当に人非人《にんぴにん》の集団らしい）

そう考えると笑えてしまって、耐えなくてはと思う前に噴《ふ》き出《だ》してしまった。

その笑いは決して大きな声ではなかったが、紛糾《ふんきゅう》する会議の最中にはあまりにも場違《ばち》いだったため、一族は口をつぐみ、ユーグをにらみつけた。

リュファスとジゼルとオディールがそろって目を丸くしてユーグを見るので、その表情がおかしくてユーグはまた笑ってしまう。

「ユーグ様。私達は真剣《しんけん》に話をしているのですよ」

寝不足《ねぶそく》気味に目のくぼんだ、蜥蜴《とかげ》のような容姿の男が口を開く。

胡乱《うろん》な眼差《まなざ》しを正面から受けて、ユーグは優雅《ゆうが》に足を組んだ。

「申し訳ありません、でも、おかしくて」

「おかしいですって？　ああもう、全く。クタール家の長男だというのに、私達がどれほどこの家を真剣に思っているかも理解できないのですか⁉」

二重顎《あご》を震わせながら女魔術師がわめく。

「それですよ。何を真剣に話してるって言うんです」

息を吸って、吐き出す。目を細めて、笑う。

「ただの兄弟喧嘩《げんか》ですよ。皆《みな》さんだって子どもの頃は盛大《せいだい》にやったでしょう」

「兄弟、げんか、か」

ぽかん、と蛇のような目をした男がつぶやいた。

「喧嘩《けんか》ですって？　なんてこと！　あなたの弟は死にかけたのですよ⁉」

「下町の喧嘩ならもっと派手だって。襟首《えりくび》つかまれたくらいで騒《さわ》ぎすぎだろ」

肘掛《ひじか》けに肘《ひじ》をついて、背もたれに背中を丸ごと預けたままリュファスが吐き捨《す》てる。

思いがけない反論に豊満な女魔術師が表情を険しくする。

「無論、手を上げたことは完全に僕に非がある。リュファス、すまなかったな」

「事故だろ事故。別にいいよ。……兄上」

ざわりと、会議室の空気が揺れる。

ユーグは謝罪をし、リュファスはそれを許した。

リュファスがユーグを兄と呼び、それをユーグが冷静に受け入れている事実が傍系の魔術師達を動揺させる。

「魔力のない人間を我々に主と仰げというのですか⁉　一族の魔術師の誰一人《ひとり》としてそんなことは認めませんよ。貴族院だって、きっと認めないはずです！」

「誰一人じゃない。俺は兄上を支持する」

決して大きな声ではなかった。だが、リュファスの声は不思議と会議室に通る。

こぼれるほどの魔力が、その声に乗るのだ。

「お前らが言ったんだ。いずれ聖者に届く最高の素材だってな。なら、俺は国で最高の魔術師になって兄上の手足になる。魔術院にお前らがいなくても別にいいって、国王陛下にだって言わせてやるよ」

「リュファス、貴様」「裏切るつもりか」「恩を忘れおって」「庶子《しょし》の分際で」

とうとう席に座っていられなくなった魔術師達が、口々に呪《のろ》いの言葉を吐きながらリュファスとユーグをなじる。

聞くに堪《た》えない罵詈《ばり》雑言に、ユーグとリュファスの眉間にしわが刻まれる。

ユーグが大きく息を吸ったタイミングで、別の声が部屋に響いた。

「あなた達、うるさいわ！」

甲高《かんだか》い、子どもの声だった。

「マナーの基礎《きそ》からお勉強し直した方がよろしいんじゃなくて？　私の家でこんなことしたら、すまきにされてお説教されるんだから！　くだらない話はもうおしまい。誇《ほこ》り高《たか》き我がダルマス伯爵家が証人よ。さあ」

オディールがジゼルの膝から飛び降りて、一族を睥睨《へいげい》する。

もとよりつり目気味の目をさらにつり上げて、腹の底まで息を吸う。

「私達をお家《うち》に帰して頂戴《ちょうだい》‼」

堂々たる要求だった。

オディールの手はしっかりとジゼルのドレスを握《にぎ》っている。

今度こそ言葉を失ったクタール侯爵家の面々を余所《よそ》に、こらえきれなかったというように笑い声が響いた。春風が囁《ささや》くような、くすくすと笑う声は、ジゼルのものだ。

「ええ、そうね。オディール。帰りましょう」

ジゼルは立ち上がり、ユーグを見た。

晴れやかなジゼルの笑顔に、ユーグはまぶしそうに目を細め、笑って頷《うなず》いてみせる。

ジゼルが安堵《あんど》したようにリュファスを見ると、リュファスは苦笑《くしょう》して肩をすくめた。

もう、兄弟は大丈夫《だいじょうぶ》だと答えるように。

オディールにドレスの裾《すそ》を握られたまま、ジゼルは丁寧に淑女としての礼をとった。

「クタール家の嫡子をユーグ様と定めること、ダルマス伯爵家のジゼルが証人となります。国王陛下への書状には私が署名することをお約束しましょう」

ジゼルが顔を上げると、ちょうど雲の切れ間から光が差し込んで、アメジストの瞳がキラキラと輝《かがや》いた。

「それでは、私達はこれで失礼します」

オディールの手を握り直して、ジゼル伯爵令嬢は颯爽《さっそう》と会議場を出て行ってしまう。

閉じられた扉の向こうで、小さな令嬢のはしゃぐ声だけが反響《はんきょう》し、やがて何も聞こえなくなった。


「母上」

礼拝堂で一人祈《いの》りを捧《ささ》げるクタール侯爵夫人に、ユーグは声をかける。

振り返ったクタール侯爵夫人は、背後に侯爵家の騎士《きし》を従えたユーグの姿に、糖蜜《とうみつ》を口に入れたような微笑《ほほえ》みを見せた。

クタール侯爵夫人が実家から連れてきた騎士ではなく、侯爵家の正式な騎士達。当主と嫡子にしか従わない騎士達だ。

「ユーグ。やっとよ。やっとだわ。私は勝ったのよ！」

大きく手を広げて、クタール侯爵夫人は託宣《たくせん》のように宣言した。花を飾《かざ》った春色のドレスが、ふわりと広がる。

「今、主神に感謝の祈りを捧げていたの。お祝いに新しい魔道具を作らせましょう。あの野良犬《のらいぬ》にも使い道があるようだから、きちんと躾《しつ》けてやらないと」

歌うように呪いの言葉を口にして、少女のように微笑む。

「ああでも、隷属《れいぞく》や服従の魔道具はご禁制だったわね。外国からの取り寄せになってしまうから時間がかかるわ……まぁ、一角商会ならきっと手配してくれるでしょう」

「僕の弟に手出しをすることは許しません」

聖像を背に興奮気味にまくし立てるクタール侯爵夫人を遮《さえぎ》って、ユーグが告げる。

びくりと体を震わせて、クタール侯爵夫人が表情を凍《こお》らせた。

「お前、本気で言っているの。あれは一族を出し抜くための演技でしょう？　あんなどこの馬の骨とも知れない子どもを弟だなんて」

「弟です。僕の力となってくれる、僕が守るべき、弟です」

礼拝堂は光に満ちていて、春の陽気にあふれている。

「リュファスを受け入れることはできませんか、母上」

「当たり前でしょう!?　本来ならあれは生きているだけであなたの邪魔《じゃま》になるのよ。今はしおらしいふりをしていたって、絶対にいずれ牙《きば》を剝《む》くわ」

「……わかりました」

ユーグが片手を上げると、背後に控えていた騎士が進み出る。

「何を」

「気に入っていた別荘《べっそう》がありましたね。湖の側にある、春の花が美しい別荘です。母上にはそちらへ移っていただきます」

「一体何を言っているの？　これまで誰がお前を守ってあげたと思っているの⁉」

「半年前」

冬のような声が、静かに礼拝堂の床《ゆか》に落ちる。

「あなたが、僕に死なない程度の毒を盛ったことを、知らないと思いましたか」

クタール侯爵夫人の顔が引きつった。

嫉妬《しっと》と憎悪《ぞうお》にまみれた母親が、目的と手段の境界を失っていることに。

聡明《そうめい》な少年は、とうの昔に気がついていた。

細い肩を、両側から騎士達が取《と》り押さえる。

「僕にはこの家を守る義務があります。あなたが願った通り、嫡子となったのですから」

「ユーグ！　待ちなさい、あなた、一体どういうつもりでこんなことを！」

震えながら伸ばされた手が、再びユーグに届くことはない。

「連れて行け」

金切り声が礼拝堂に反響する。とても淑女とは思えない口汚い言葉でユーグを罵倒《ばとう》する声が、礼拝堂の入り口あたりで急に静かになった。

「どうして」

引きずられるように礼拝堂から連れ出されようとしていたクタール侯爵夫人が、低くうめいて息を吸う。

「……どうして、魔力を持って、産まれてきてくれなかったの」

それは泉の底から這《は》い出《だ》した死体が足首をつかむような、どこまでも虚《うつ》ろで淀《よど》んだ呪いの言葉だった。

ユーグは振り返らない。

もう何万回も、自分の心臓に刺《さ》した棘《とげ》だ。今更《いまさら》一本くらい増えたところで、流す涙《なみだ》などありはしない。代わりに、静かに微笑んだ。

「……どうぞ、これからは心穏《おだ》やかに過ごされますように」

気候ばかり常春《とこはる》のこの城で、何もかもをすり減らし続けた母への、心からの言葉だった。

クタール侯爵夫人が、それ以上の言葉を息子にかけることはなかった。

ただ見守るばかりの聖像を見上げて、ユーグは深いため息をついた。

「疲《つか》れた」

小さな声が聞こえたのか、ためらいがちに、その背後から足音が近づいてくる。

声をかけるでなくただ後ろに立つ弟に、ユーグは苦笑して振り返った。

自分よりずっと傷ついた顔をした弟に、ユーグはため息をついた。

「行くぞ、リュファス。お前にはさっさと一流の魔術師とやらになってもらわないとな。

でないといつまでたっても僕が侯爵になれそうにない」

まずい物を口に放り込まれたような顔をして、リュファスはため息をつく。

「いや、俺頼《おれだの》みかよ。もうちょっと自分でも頑張《がんば》れよ」

ユーグは聞こえないそぶりで笑い、リュファスも苦笑しながらその後に続く。

「睡蓮《すいれん》の咲《さ》く頃に、あの二人を家に呼べたらいいな」

「……ん。そうだな」

その未来は、なんだかとても優《やさ》しく温かな気がして。

兄弟は少しだけ足を止め、並んで礼拝堂を後にした。

とある悪役令嬢のお茶会

　ガラス越《ご》しに見る庭は、冬薔薇《ふゆばら》がまばらに蕾《つぼみ》をつけるのみで、薔薇のダルマスを名乗るには少々寂《さび》しい景色だ。

　暖炉《だんろ》に火を入れる時期になれば、ダルマスを訪《おとず》れる客人はほぼいなくなる。

　天候のせいで峠《とうげ》を越《こ》えられず足止めをされていた手紙と、手紙の送り主であるクタール侯爵《こうしゃく》令息兄弟がダルマスへ到着《とうちゃく》したのはほぼ同時だった。

　すっかり気を抜《ぬ》いて冬支度《ふゆじたく》を始めていたダルマス家は、大慌《おおあわ》てで客人をもてなす準備をしている。

　体の冷えきったクタール侯爵令息達のため、茶会の女主人役を買って出たのは、今年で十四歳になるダルマスの紅薔薇《べにばら》、オディールだ。

　陶器《とうき》のティーポットを持ち上げ、琥珀色《こはくいろ》の紅茶を注ぐ。所作の一つ一つが丁寧《ていねい》で、指先まで意識が行き届いている。紅茶の湯気が立ち上り、オディールの白い肌《はだ》と薔薇色の髪《かみ》を通り過ぎる姿はまるで一枚の絵画のようだ。

　すっかり貴婦人が板についたオディールの姿に涙《なみだ》がこみ上げてくる。

このすらりとした令嬢《れいじょう》を見て、かつては葉っぱと蜘蛛《くも》の巣《す》が髪飾《かみかざ》りの野生児令嬢だったと言われても、きっと誰《だれ》も信じないだろう。オディールが癇癪《かんしゃく》を起こすたび儚《はかな》く散っていった無数のティーセット達も報《むく》われるというものだ。

「もうっ！　お姉様、そんな風にじっと見られたら、やりにくいですわ」

「ふふ、ごめんなさい。あなたが立派なレディになってくれたのが本当に嬉《うれ》しくて」

「……そういうことを、お姉様は平気で言うんですから」

顔を赤くして口をとがらせるオディールが可愛《かわい》くて、口元が緩《ゆる》んでしまう。

思えば、ここまで長い長い道のりだった。

いくら私が心を入《い》れ替《か》えて、オディールとの関係が改善されたからといって、人間はそう簡単に変わらない。勉強嫌《ぎら》いは相変わらずで、オディール嬢《じょう》の優雅《ゆうが》な逃走癖《とうそうへき》が治まるまで三年ほどは変わらぬ日常を過ごすことになった。

あまりにも頻繁にオディールがすまきにされたせいか、二年ほど前からダルマス領の村々では、秋の収穫を祝う祭の際に小麦の粉袋を担いで走るレースが開催されるようになった。領内から使用人を雇おうとすると、何故か必ず推薦状に小麦担ぎレースの順位が書かれているのだ。もちろん、上位入賞者だからといって採用に有利になったりはしない。

領民に愛される領主一家という微笑ましい光景と思うべきかもしれないが、永遠の黒歴史になりかねないのでこの伝統が根付かないことを祈るばかりだ。

「相変わらずだな、君のところは」

ユーグが呆《あき》れたように言って足を組む。

社交界に大いに話題を提供したお家騒動《いえそうどう》から早四年、クタール家の嫡子《ちゃくし》となったユーグはくせ者ぞろいの一族を掌握《しょうあく》し、着々と爵位継承《しゃくいけいしょう》に向けて地盤《じばん》を固めている。

母親譲《ゆず》りの整った顔立ちと、貴族らしい優雅な物腰《ものごし》。まるで絵物語の王子様か役者のようだ。上背も肩幅《かたはば》もすっかり大人の男性になってしまったユーグの、少年の面影《おもかげ》を残す横顔には見覚えがある。ある意味見慣れた、原作の姿だ。

長く見つめすぎたせいか、ユーグと目が合う。

澄《す》んだ泉のような、水色の瞳《ひとみ》。原作と違《ちが》い、その奥底に暗い影《かげ》がないことに安堵《あんど》する。

ユーグが物言いたげに口を引き結び、口を開こうとした瞬間《しゅんかん》、オディールが割り込むようにティーカップをユーグの前に置いた。

「おかげさまで！　相変わらず、ええ、これからもずーっと変わらずにっ！　私とお姉様は仲睦《むつ》まじく過ごす予定でしてよ」

無作法が意図的であることは明らかで、オディールは眉間《みけん》のしわを隠《かく》そうともしない。

何故かユーグとオディールは会うたび喧嘩腰《けんかごし》なのだ。

一度それとなくオディールに理由を聞いたことがあるけれど、『ああいう、裏から手を回すタイプの方は好ましくないと思いますわ。ちまちまと周囲を牽制《けんせい》するなんてまどろっこしい。そう、貴公子たるもの、正面からガツンとぶつかって潔《いさぎよ》く粉々に玉砕《ぎょくさい》すべきですわ！』とのことだった。

オディールの中の貴公子像はとても脳筋らしい。

クタール侯爵家の状況《じょうきょう》は原作とずいぶん変わったと思うけれど、一族をまとめ上げ、広大な侯爵領を治めるのに正面からぶつかるばかりでは解決できないことも多いだろう。

ユーグの腹黒貴公子という原作設定が生きているなら、全方位にまっすぐすぎるオディールと相性《あいしょう》が悪いのも仕方がないことのように思える。

「それで、本日はどういったご用向きですの？」

「蜥蜴《とかげ》の大門《だいもん》を見に来たんだよ」

オディールから紅茶を受け取ったリュファスが答える。

こちらも、ユーグ同様、ある意味見慣れた原作の姿に成長している。

艶《つや》のない癖毛は相変わらず、赤い瞳が以前にも増して印象的だ。リュファスが魔術師《まじゅつし》として成長したせいだろうか。声が、瞳が、無視することを許さないような、振り向かずにいられないような、魔性《ましょう》めいた引力を発揮するようになった気がする。

今や王国の社交界で、クタール侯爵家の天才魔術師リュファスの名前を知らない人間はいないだろう。周辺国家との小競《こぜ》り合《あ》いから数十年に一度の獣《けもの》の大量発生まで、参戦したあらゆる討伐《とうばつ》で燦然《さんぜん》たる成果を挙げている。

国王陛下からも直々に奨励《しょうれい》の言葉を与《あた》えられるなど、破格の扱《あつか》いを受けている。

そこまでなら、原作と同じだ。

「あの門、冬になっても凍《こお》らないだろ。ダルマスに新しい水門を作るなら、同じ魔術式《まじゅつしき》を付与《ふよ》できたらいいなって思ってさ」

「そんな山奥《やまおく》まで行っていたの？」

焼き菓子《がし》を勧《すす》めると、遠慮《えんりょ》なく手を伸《の》ばす。屈託《くったく》なく笑い、警戒心《けいかいしん》のない様子は、原作のリュファスとまるで違う。愛情のない婚約者《こんやくしゃ》に向ける無機質な視線ではなく、親愛にあふれたルビーの瞳がまっすぐに私を見ている。張り詰めて追い詰められていた繊細な少年の面影はどこへやら、むしろ実家にいるようなくつろぎぶりだ。原作ではエピローグまで表示されなかった、全開笑顔《えがお》の顔差分の大盤《おおばん》振《ぶ》る舞《ま》いである。

「遺物は実際に動いてるとこ見ないと、わかんないことが多いんだよ。まぁ途中《とちゅう》でいきなり吹雪《ふぶ》いて死ぬかと思ったけど。な、ユーグ」

「笑い事じゃないぞ、リュファス。お前じゃなければ死んでいたからな？」

あっけらかんとしたリュファスに対し、ユーグが眉間にしわを寄せる。そこに不穏《ふおん》な気配はなく、ただ信頼《しんらい》に根ざした気安さがあるだけだ。

兄弟のやりとりに、また頬《ほお》が緩む。

ユーグは正式に嫡子となったし、私はリュファスとの婚約《こんやく》を回避《かいひ》できた。兄弟は仲睦まじく、ダルマス伯爵家《はくしゃくけ》との関係も良好だ。今では敬称もなく、呼び捨てにできるほど親しくなっている。

ダルマス領内に、ユーグが発案した運用に魔力のいらない新しい水門を作る計画も進んでいる。設計はユーグが、魔術式はリュファスが担当している。兄弟が力を合わせて作った水門なんて、ゲーム中には絶対存在しない。

私は無事、クタール侯爵家での死亡フラグを折れたと思っていいのだろう。

祝杯《しゅくはい》を挙げたい気分だ。

「お姉様、どうかなさいまして？」

「ううん、何でもないの。オディールが淹《い》れてくれた紅茶がとてもおいしくて、感動していたのよ」

「大げさですわ。そのくらいのことで」

つんとすました顔をしつつも、胸を張って誇《ほこ》らしげだ。

そんなオディールの様子を見下ろしながら、ユーグが深くため息をついた。

「早いものだな、次の冬にはあのオディールもデビュタントか」

「あの、とはどういう意味ですの？　ユーグ」

再度ゴングが鳴ってしまう。

「さてね。ただでさえ古いうちの城に、『赤毛の生首伝説』を追加してくれたのは誰だったかな？」

「ああ、うちでよく壁登りしてたもんな。空中庭園の方も怪談《かいだん》に追加されてるの知ってたか？　俺、今でもたまに夢に見るんだよなー、空中庭園から縄なしダイブ。正直どの戦場や討伐よりあれが一番怖《こわ》かったな！」

「リュファス！」

いたずらっぽくユーグに乗るリュファスに、オディールが思わずと言った様子で立ち上がるが、オディールの怒《いか》りなどどこ吹《ふ》く風でリュファスは笑っている。

「その怪談、歌になって王都でも流行してるんだよ。悲恋物《ひれんもの》の恋歌《こいうた》で。恋《こい》に破れたメイドが空中庭園から身を投げて、って内容だったっけ」

「先日城下で吟遊詩人《ぎんゆうしじん》が歌っていたあれか。そうだな、確か」

ユーグは目を伏《ふ》せて、歌の一節を口ずさむ。

「『この身が楽園の野へ至るとしても、この心は永遠にあなたを想《おも》い続けるでしょう。門をくぐる哀《あわ》れな魂《たましい》への餞《はなむけ》に、あなたの心を欠片《かけら》ばかりでも望むのは罪《い》でしょうか』」

ふと、ユーグの視線がこちらを向いて、心臓が跳《は》ねる。

「『私の、愛しいあなた』」

泉を写し取ったような水色の瞳は、暗闇《くらやみ》とは違う何かを底に孕《はら》んでいる。重く、切実な何かを秘めた目で見つめられると、どこか落ち着かない気持ちにさせられる。

（なんていうか、蛇《へび》ににらまれたカエルみたいな……被捕食者《ひほしょくしゃ》になった気がする）

作った笑顔や友人に向ける親しげな笑顔ではなく、無表情に近い真顔。猛禽《もうきん》が狩《か》りをするような真剣《しんけん》な表情。急に原作のユーグに近い表情をされてしまうと、折ったつもりでいる死亡フラグがひょっこり復活する気がして心臓に悪いのだ。やはり侯爵家を背負うとなるといろいろなストレスにさらされるのだろう。友人のクオリティ・オブ・ライフが充実することを祈ることしかできない。

ユーグはにっこりといつもの紳士的《しんしてき》な笑みを浮《う》かべる。

「……と、まぁ、死んだ後も結局想いを捨てられず愛する男を探してさまよっているという歌だったよ」

「なんなの、その情けない女は！　私なら相手を殺して私も死ぬわ！」

「お願い、やめてオディール」

振り上げられたオディールの拳《こぶし》を両手で包み込む。

直情型で激情家、オディールの性質は子どもの頃《ころ》と変わらず、失恋《しつれん》からの無理心中なんて簡単に想像できてしまう。実際、ゲーム中では無理心中どころか相手の女性を殺す方向だったのでよりアグレッシブだ。

オディールは口の中で「そんなことしませんわ」ともごもごつぶやいていたけれど、やがてしぶしぶ椅子《いす》に座り直した。

昔と違って理不尽《りふじん》に使用人を虐《しいた》げたりしないし、神殿《しんでん》の奉仕《ほうし》活動にも熱心に取り組んでいる。今のオディールを指さして悪役令嬢《あくやくれいじょう》だと言う人はいないだろう。

私だけが勝手に憂《うれ》えている、オディールの知らないオディールの未来の話だ。不安が拭《ぬぐ》えないのは私の都合でしかない。

（私の死亡フラグと一緒《いっしょ》に、オディールが断罪される未来もなくなっていますように）

ぎゅっとオディールを抱《だ》きしめた。オディールは驚《おどろ》いたように目を丸くしたけれど、嬉しそうに笑って抱きついてくる。

カチャ、と音を立ててティーカップが置かれた。

マナー教本のお手本のようなユーグにしては珍《めずら》しいことだ。

「実際、恋歌の方はかなり評判がいいみたいでね。おかげさまでクタールの空中庭園を遠目にも一目見たいと城下は大賑《おおにぎ》わいだ。お金で買えない貴重な贈《おく》り物《もの》にはお返しをしなくては。デビュタントのお祝いには何が欲しい？」

「ユーグからいただくものなんか何もありません！　全部お姉様が用意してくださるんですから！」

「……そう」

ぷいと顔を背《そむ》けたオディールに、ユーグがにっこりと笑う。

なんだか反抗期《はんこうき》の妹と大人げない兄といった様子だ。

「兄上とオディールも仲いいよな」

こっそりと、しかし二人に聞こえる声量でリュファスが耳打ちする。

同時に眉をつり上げたユーグとオディールに、思わず笑ってしまう。

「本当に、ちゃんと準備は進めてますもの！　ドレスはお姉様と同じデザイナーに頼むでしょ、アクセサリーは一角商会に任せたし、靴は叔父様がプレゼントしてくれるって言ってたわ。お姉様の時もそうだったわよね。それから、エスコートも叔父様に頼んで……はぁ。私もお姉様のデビュタント、見てみたかったなぁ」

指を折りながらデビュタントの予定を話していたオディールが、ぽつりとつぶやいた。

当然のことながら、私のデビュタントに妹であるオディールが同行することはできなかったので、お土産話《みやげばなし》を聞かせてあげることくらいしかできなかった。

「あー、ダンスに誘《さそ》う人垣《ひとがき》、すごかったね」

リュファスが呆れたように笑う。

「壁《かべ》みたいな分厚い手袋《てぶくろ》の化け物に迫《せま》られた気分だったわ。誰を選べば失礼にならないのか全くわからないんだもの」

深く長いため息をつく。伯爵位、一角商会の金、単純に顔。どれが目当てにしろ、ファーストダンスを狙《ねら》う令息の群れは恐怖《きょうふ》以外の何物でもなかった。

乱闘《らんとう》一歩手前の騒乱《そうらん》を優雅に制したのはユーグ＝クタール侯爵令息だった。正直なところ、ダンスに誘ってくれた彼に後光が差して見えたくらいだ。

「ユーグが助けてくれなければどうなっていたか」

「僕が君と踊《おど》りたかったんだよ、ジゼル」

ユーグが視線を合わせて微笑む。デビュタントの日と同じ、優《やさ》しい笑《え》みだ。

「結局、ユーグとだけ踊って帰っていらしたのよね」

「あまり参考にならなくてごめんね、オディール」

殺気じみた圧に人酔《ひとよ》いしてしまい、貴婦人の嗜《たしな》み『気絶したふり』で私のデビュタントは早々に幕を下ろしてしまった。ロマンチックなエピソードを期待していたオディールにはさぞ物足りないことだろう。

「いいえ、十分に参考になりましたわ。頭のおかしな殿方《とのがた》が世の中にはいっぱいいるってことが！　そもそもお姉様を怖がらせるなんて、万死《ばんし》に値《あたい》する罪ですのに！」

オディールが眉間にしわを寄せる。デビュタント後に山のように届いた手紙を思い出したらしい。手紙にはダルマス伯爵令嬢が倒《たお》れてしまったのは自分の情熱のせいだという謎《なぞ》の自負が切々と綴《つづ》られており、お詫《わ》びの贈り物と呼ぶには度を超《こ》した品々が添《そ》えられていたのだ。

大イカの目玉ほどもある真珠《しんじゅ》や、鳩《はと》の卵ほどもあるルビー、拳の大きさの金細工。ささやかな物には御礼《おれい》の品を贈り、高価すぎる物は手紙と共に送り返し、差出人が不明のものは一つ一つ呪《のろ》いの有無《うむ》を確かめて一角商会が流通元から贈り主を突《つ》き止《と》めた。

あんなにキラキラしいものを見てうんざりした気持ちになれるなんて、なかなか得がたい経験だ。正直二度と社交界に足を踏《ふ》み入れたくないと思ったくらいには。

「まぁ、最初の一回だけね。二回目からはあまり誘われなくなったわ。私は体が弱くて余《よ》所《そ》のお茶会にもあまり顔を出さなかったから、皆《みな》さん珍しかったのよ、きっと。だから、あまり怖がったり気負ったりしないでね、オディール」

淡雪《あわゆき》の君の再来、ダルマスの白薔薇。かつて社交界の花だったという亡《な》き母の亡霊《ぼうれい》のせいで、期待値が上がりすぎてしまったのだろう。落ち着いて考えてみれば顔がいいだけのモブだと気がついてもらえたらしい。

「……へぇ。ジゼルがそう思うんならそうなんじゃない？」

「……私、そういう陰険《いんけん》なやり口は嫌《きら》いですわ」

リュファスは半笑いで首をかしげ、オディールは眉間にしわを寄せてぷりぷりと怒《おこ》っている。会話の断絶を感じて二人の視線を追いかけると、三人分の視線を受けてユーグはにっこりと笑って足を組み直した。

「とはいえ、多少の自衛は必要だと思うな、ジゼル。君から氷の薔薇をもらおうと躍起《やっき》になっている令息が後を絶たないからね」

「なんですの、それ？」

「社交界の白薔薇は愛する相手に氷の薔薇を贈るという事実無根の噂《うわさ》だよ」

「まぁ！」

オディールが目を輝《かがや》かせてこちらを見るが、実際事実無根なので首をかしげてしまう。

魔力の自家中毒予防のため、氷の薔薇を作る訓練は続けているが、どうしてそんな噂が立ったのかがわからない。

「あの薔薇はオディールにしかあげていないのに……」

「！」

ますますオディールが目を輝かせるので、なんとかしてロマンチックなエピソードを思い出そうとするのだけれど、該当《がいとう》する思い出はゼロ件だった。

「もしかして、グラスにぎりぎりいっぱいの水を持ちながら話しかけてくる令息が多いのはそういうことなの……？」

ロマンチックとはほど遠い現実にため息をついてしまう。

「傍目《はため》に見てると面白《おもしろ》いんだけどな。オディール、想像してみろよ。ジゼルに話しかけようとして競歩で廊下《ろうか》を水浸《みずびた》しにする貴公子共を。袖口《そでぐち》も手袋もびっちょり濡《ぬ》らしてんの」

「私のお姉様に向かって図々《ずうずう》しい、とは思うのですけど……そこまでいくともはや恐怖を覚えますわね」

「紙一重だよな。毎回毎回、真っ先に助けに行くユーグも相当面白いけどさ」

「リュファス」

「はいはい、兄上。あ、ジゼル。次からは俺がそいつら転ばせてやろうか」

「廊下が水浸しになるからやめてあげましょう？」

「心配なさらずとも、私が社交界デビューしたらお姉様を守って差し上げてよ？」

「だからだろ」

「そういうことだ」

「ちょっと、失礼じゃなくて⁉」

明るい笑い声が、薪《まき》のはぜる温かな音と共に部屋に満ちる。

ポットに新しいお湯を入れようとしたオディールが、ふと動きを止めた。

視線を追うと、真っ赤な薔薇のジャムが置いてある。

「……今年の分は、もう使いきったのに……」

ぽつりと、オディールがつぶやいた。

「ああ、それね、アンが偶然《ぐうぜん》街で見つけてきてくれたのですって。他にも、料理長が親戚《しんせき》のツテを伝って探してくれているから、まだもう少しは手に入りそうよ。来年の春まで心配しなくてよさそうね」

「……っ！」

いつだったか、薔薇のジャムがなくなったことに、癇癪を起こしていたオディールを思い出す。今はもう、使用人からも愛されて敬われる立派なレディだ。泣いてわめいて、嵐《あらし》のような惨状《さんじょう》の中をすまきにされて連行されるオディールの姿を、いつか懐《なつ》かしく、ちょっぴり寂しく思い出す日が来るのだろう。

「良かったわね、オディール」

「はい、……はい、お姉様」

アメジストの瞳を潤《うるお》すように、涙が浮かぶ。

オディールはジャムの溶《と》け込《こ》んだ紅茶をじっと見つめていたけれど、急に真面目な面持《おもも》ちで顔を上げた。

「ねぇ、お姉様。さっき、水が入ったコップを持った殿方の話が出たけど、どなたか心に決めた方はいないの？」

オディールがかき混ぜる紅茶の中で、薔薇の赤い花弁がくるくると踊っている。

「うーん、袖口が濡れてる殿方の中にはいないかな」

(正直、オディールが完全にソフィアと関わらなくなるのを確認《かくにん》してからじゃないと恋愛《れんあい》とかする気になれないのよね……)

遠くの地平線まで死亡フラグの乱立している、炭鉱のカナリアさながらの人生である。

ちらりとオディールを見れば、ぐっと目に力を込《こ》めてこちらへ身を乗り出した。

「もしもそんな方ができたら、真っ先に私に紹介《しょうかい》してくださいませ。ダルマス伯爵家にふさわしい素敵《すてき》な紳士《しんし》でなかったら、私、絶対認めませんから！」

「わー怖ぇ小姑《こじゅうと》」

リュファスに茶化されて、オディールがキッと目尻《めじり》をつり上げて振り返る。

「だって、私のお義兄様《にいさま》になる方よ？　この国で一番素敵な方じゃなくちゃ……そう、例えば、王太子殿下《でんか》とか！」

「王太子殿下とはまた大きく出たな」

ユーグが苦笑《くしょう》しながら紅茶をあおる。

聖女でもない限り、王族が自国の伯爵家から妃《きさき》を娶《めと》るメリットは皆無《かいむ》だ。

そういえば王太子は攻略《こうりゃく》対象中最も高いステータスと好感度を要求される、一番難易度の高いキャラクターだったことを思い出した。どう考えても体力値がクリア基準に達しないので、ジゼルでは攻略できないだろう。

「そんな素敵な方が、見つかるといいわね」

冬の風が窓をたたいて、中に入れてほしいと訴《うった》えかける。

純白の雪が冬薔薇の上に降り積もっていく。

暖炉のぬくもりに満ちた部屋には笑い声ばかりが響《ひび》いていて、だから、私は、見落としてしまったのだ。

そんな素敵な方——作中屈指《くっし》のステータスを誇るキャラクターは、王太子をおいて他に存在しないということ。

そして、薔薇のジャムが溶け込んだ紅茶の向こうに、オディールがどんな未来予想図を確信していたのかということを。

少し先の未来の話、オディールのデビュタントの際にヒロイン、ソフィアをエスコートしたのは王太子であった。

王城の庭園でオディールがソフィアに向かい「この泥棒猫《どろぼうねこ》!!」と叫《さけ》ぶ原作通りのイベントが進行することになるのはまた別の話である。

終

あとがき

本書を手に取っていただきありがとうございます！

悪役令嬢《あくやくれいじょう》を書くにあたって、まず悪役令嬢が作中でこなさなくてはならないタスクを考えてみました。各種根回し、チンピラの雇用《こよう》、ターゲットの調査に嫌《いや》がらせのプランニング、時には自身が討《う》って出て大立ち回りを演じる必要があり、あまりにもやることが多いのです。これは相当な情熱と根性《こんじょう》と体力と財力の持ち主でなくては務まらない、というところからオディールが生まれました。

思いのほか元気になりすぎたので、「これ、身内がなんとかしないと修正がきかないのでは？」ということで主人公ジゼルを実姉《じっし》に据《す》えた結果、えらくハードな育児をさせることになってしまいました。

ウサギ界最速の野ウサギことジャックウサギのような妹に、胃痛でキリキリしているふわふわロップイヤーのような姉、という妄想《もうそう》でこの作品は形成されています。

実は、この作品の執筆中《しっぴつちゅう》、どうしても続きが書けず、ブランクが五年も空いてしまっ

ていました。（クタール城の最初のお茶会のあたりだったと思います）
未解決のままクタール城に主人公姉妹《しまい》を置き去りにしていたことがずっと気にかかっておりましたが、応援《おうえん》してくださった読者の皆様《みなさま》のおかげで、二人をダルマスの館に無事帰すことができました。ありがとうございます。

イラストを担当してくださったＲＡＨＷＩＡ先生、天使のような姉妹と兄弟を描《か》いていただきありがとうございます。

温かく支えてくださった担当編集者様、ご担当いただいた校正様、関係各社の皆様、本当にありがとうございました。

最後になりましたが、この本を読んでくださった読者の皆様に心からのお礼を申し上げます。少しでも楽しんでいただけましたら幸いです。

皆様とまたどこかでご縁《えん》がありますように。

海倉《うみくら》のく

永遠に溶けない薔薇

妹が生まれてから十年間、ジゼル＝ダルマスという生物学上の姉は、一度として妹に贈《おく》り物《もの》なんて、してこなかった。誕生日はもちろん、新年のお祝いのお菓子《かし》も、領地の祝祭の日の花束も、何一つ、オディールに贈ったことなどない。

いつだって体調不良で部屋から出てこようとしないダルマス家嫡子《ちゃくし》は、それが妹の誕生日だろうと決して顔を見せることはなかった。

だから、いつもと変わらないはずの朝食の席に、姉が現れた時、どれほど驚《おどろ》いたことか。声をかけられて、心臓がばくばくと音を立てた。庭先で大きな蛇《へび》に出くわした時と同じくらい、どうしたらいいのかわからなかった。四つ年上の姉が、自分と同じアメジストの瞳《ひとみ》を持っていることを肖像画《しょうぞうが》以外で初めて見た気がしたし、「オディール」と呼ぶ声さえ、初めて聞く気がした。

母親とうり二つの美貌《びぼう》の姉が、突然《とつぜん》現れただけでも驚いたのに、最初に口にしたのが説教ときた。心底頭にきた。

（何よ、なんなのよ、一体全体何様のつもりなのよ！）

物語の中のお母様は、時に優《やさ》しく厳しいものだと書いてあった。

物語の中のお姉様は、弟妹《ていまい》の手本となるような気高い存在であるべきと書いてあった。

(毎日毎日寝《ね》てばかりのお姉様のどこが『お姉様』よ。私にお説教だなんて百年早いわ)

ふかふかの枕《まくら》に八つ当たりしていると、メアリが部屋の入り口で歓声《かんせい》をあげた。

主人の不機嫌《ふきげん》な顔など見えないようで、メアリはにこにこと扉《とびら》から顔を出す。

「お嬢様《じょうさま》っ！　ジゼル様から贈り物ですよ～。アンを通してもいいですか？」

犬の尻尾《しっぽ》が見えそうなほど脳天気な笑顔《えがお》を、呆《ほう》けたように見つめながら、メアリの言葉の意味が理解できなかった。かろうじてうなずくと、無表情なメイドが入ってきた。姉の部屋付きのメイドだが、一度も話したことはない。

「ジゼル様から、オディール様へお渡《わた》しするようにと」

アンが差し出したのは、氷の薔薇《ばら》だった。赤いリボンが巻かれただけの、たった一輪。

この館に、水の魔力《まりょく》を持つ人は一人しかいない。

これは姉が手ずから作った薔薇だ。

それがどういう意味をもつものなのか、オディールはわからない。だって、一度もプレゼントなんてもらったことがないから。

アンから薔薇を受け取って、それからしばらくの記憶《きおく》がない。気がつくとベッドの縁《ふち》に座って氷の薔薇を握《にぎ》りしめていた。

冷たい、冷たい、薔薇だった。

素手《すで》で握れば溶《と》けてしまう。

氷でできているのだから、当たり前だ。

氷の塊《かたまり》を握る手は冷たく、それはやがて痛みになり、皮膚《ひふ》は赤くしもやけになっていた。

当たり前のことだ。わかっていたけれど、わかりきっていたけれど、手を離《はな》した途端《とたん》、幻《まぼろし》のように消えてしまうのではないかと思うと、手のひらを冷たい水がしたたることにさえ、姉が贈り物をくれたのが現実だと証明するようで、安堵《あんど》を覚えた。

「ああもう、本当にお姉様ってば贈り物のセンスがないのね！　メアリ！　銀の盆《ぼん》と、銀の花器を用意して！　それから、窓を開けてちょうだい」

「ええっ⁉　お嬢様ぁ、昨日は雪も降ったんですよ？　お風邪《かぜ》を引いてしまいます～！」

「いいから！　さっさと私の言うことを聞いてちょうだい。路頭に迷いたいと言うなら止めなくてよ⁉」

「そんなぁ……わ、わかりました～」

涙目《なみだめ》のメアリがばたばたと部屋を出て行くのを見届けると、ぽたりと水滴《すいてき》が氷の薔薇に落ちた。

（もしもこれが夢なのだとしたら、主神エールの髪《かみ》を一房《ひとふさ》引きちぎってやるわ）

歯を食いしばって、それでももう二粒《つぶ》、水滴が落ちた。

今もまた、氷の薔薇が目の前にある。

初めて氷の薔薇が届けられた日からずっと、ジゼルが氷の薔薇を作るたびに部屋に届けられる。ワンパターンだと文句を言いながらも、いらないとは嘘《うそ》でも言えない。アンが、あるいはジゼル本人が、夜に自室の扉を叩《たた》くのを心待ちにしているのだから。

少しでも氷の薔薇を長持ちさせようと、ガラスの器《うつわ》や、銀の花器など、試行錯誤《しこうさくご》を繰《く》り返《かえ》し花瓶《かびん》が衣装《いしょう》部屋を一つ潰《つぶ》そうとした頃《ころ》、リュファスがオディールに魔道具を作ってくれた。

特別製の花瓶の魔道具は、ジゼルの魔力を増幅《ぞうふく》させる回路を組み込んだと言っていた。あまりにも適用範囲《はんい》の狭《せま》い研究であることは魔術師を専業としないオディールでもわかる。王国の星、魔術院で最も聖者に近い魔術師、多忙《たぼう》を極《きわ》めるリュファスがそんなものをどうして作ったのかと問うのは野暮《やぼ》というものだろう。

そのための宝石や素材、ベースとなる花瓶は、最高級の物をユーグが揃《そろ》えてくれた。王国有数の資産家が金に糸目をつけず素材を買い付けた結果、この部屋で一番高価なのは、南方の黒真珠《くろしんじゅ》でも北方のピンクダイヤでもなく、この花瓶だ。

月光を受けて、時折ほんのりと魔術回路が光っている。

いつぞやの事件からはや二年、クタールはダルマスにとって良き隣人《りんじん》で、良き友人で、そして。

(私の敵よ)

オディールはぐっと拳《こぶし》を握る。露骨《ろこつ》な賄賂《わいろ》に鼻を鳴らす。

「一途《いちず》な令息達がかわいそうじゃないですか」、なんてメアリは言うけれど。

(ちゃんちゃらおかしいわ。勝手に、永遠に、片思いでも何でもしていればよろしいのよ)

距離《きょり》をとっていた十年を埋《う》めるように、お茶会に旅行に刺繍《ししゅう》にお勉強にといつだって隣《となり》で過ごしている。姉妹《しまい》水入らずで過ごす時間の幸福を知ってしまった。初めてあめ玉を舐《な》めた子どものように、その甘さに酔《よ》ってしまっている。

オディールと呼ぶ、あの優しい声を奪《うば》い去《さ》ろうだなんて、それこそ百年早いのだ。

(お姉様が、あの二人のうちどちらかを愛しているというのなら、まぁ、五十年くらいなら譲《ゆず》って差し上げなくもないですけれど)

それとなく探《さぐ》りを入れてみても、「二人にも素敵《すてき》なご縁《えん》があるといいわね。応援《おうえん》するから、いつでも相談してね」という脈ゼロどころかマイナスな回答しかなかった。

同席した兄弟が頭から冷水をかけられたような顔をしていて、さすがにちょっと気の毒になったくらいだ。

氷の薔薇が、耐《た》えきれないように溶け出して、ぽたりと水滴が落ちる。

世にも高価な魔道具をもってしても、薔薇の原型をとどめるのは三日が限度だ。

リボンがたっぷり詰《つ》まった宝箱はどんどんサイズアップしていく。

「ねぇお姉様、やっぱりお姉様って贈り物のセンスはないと思うわ」

つんと氷の薔薇をつつくと、指先は冷たく堅《かた》い感触《かんしょく》を伝える。

（この薔薇が溶けたら、きっとまた私は寂《さび》しくなってお姉様のところへ走って行ってしまうのでしょうね）

オディールは思う。

いつか、永遠に溶けない氷の薔薇が欲《ほ》しい。

（それさえあれば、未来の義兄《ぎけい》のもとへ、お姉様を素直《すなお》に送り出すことができる気が――）

気がする。気がした。

（いいえ、できませんわね。少なくとも三発くらいは殴《なぐ》らせていただかないと！）

架空《かくう》の義兄に腰《こし》の入った右ストレートを打ち込むべくシャドウボクシングをして、ベッドに突《つ》っ伏《ぷ》した。

大人になるまでの時間を刻むように、またぽたり、ぽたりと薔薇が溶ける音がした。

■ご意見、ご感想をお寄せください。
《ファンレターの宛先》
〒102-8177 東京都千代田区富士見 2-13-3
株式会社KADOKAWA ビーズログ文庫編集部
海倉のく 先生・RAHWIA 先生

ビーズログ文庫

●お問い合わせ
https://www.kadokawa.co.jp/（「お問い合わせ」へお進みください）
※内容によっては、お答えできない場合があります。
※サポートは日本国内のみとさせていただきます。
※Japanese text only

悪《あく》役《やく》令《れい》嬢《じょう》の姉《あね》ですが モブでいいので死《し》にたくない

海倉《うみくら》のく

2023年11月15日 初版発行

発行者 山下直久
発行 株式会社 KADOKAWA
〒102-8177 東京都千代田区富士見 2-13-3
（ナビダイヤル）0570-002-301
デザイン 島田絵里子
印刷所 TOPPAN株式会社
製本所 TOPPAN株式会社

ISBN978-4-04-737709-7 C0193

定価はカバーに表示してあります。
◇◇◇